**Christopher Golden** est né dans le Massachusetts où il vit avec sa famille. Diplômé de l'Université de Tufts, il a travaillé pour le magazine *Billboard* à New York où il fut notamment en charge des « Billboard Music Awards » pour la chaîne Fox Television.

Depuis qu'il a décidé de se consacrer entièrement à l'écriture, il est reconnu comme un des spécialistes de la littérature de terreur. Auteurs de nouvelles, et surtout de romans d'horreur (on citera surtout *Strangewood* et *Shadow Saga*), il explore également le genre policier avec sa célèbre série pour adolescents « Body of Evidence ».

Il a été l'éditeur d'un ouvrage de référence qui a remporté le Bram Stoker Award : *CUT ! : Horror Writers on Horror Film*, et continue d'écrire régulièrement pour de nombreux journaux comme le *Boston Herald* ou *Disney Adventures*.

A paraître aux Etats-Unis en avril 2002, un roman très attendu : *The Ferryman*.

## BUFFY CONTRE LES VAMPIRES
## AU FLEUVE NOIR

# CHRISTOPHER GOLDEN

*LA TUEUSE PERDUE III*

# LE ROI DES MORTS

*D'après la série télévisée créée par Joss Whedon*

## FLEUVE NOIR

Titre original :
*King of the Dead*

Traduit de l'américain par
Isabelle Troin

Collection dirigée par
Patrice Duvic

ISBN : 2-265-07269-9

Note chronologique : Cette série de romans a pour point de départ le début de la quatrième saison de *Buffy contre les Vampires*.

Précédemment, dans *Buffy contre les Vampires...*

*Une nouvelle race de vampires est arrivée à Sunnydale. Plus forts et plus rapides que les autres, ils sont animés par une étrange énergie magique. Ce sont les Kakchiquels, serviteurs de l'ancien dieu-démon maya Camazotz.*

*Buffy s'est convaincue que l'unique moyen de mener de front sa vie privée et sa mission de Tueuse consiste à séparer les deux moitiés de son existence. Autrement dit, de maintenir ses amis à l'écart de ses activités de Tueuse et de se débrouiller seule face aux forces des ténèbres. Mais c'est plus difficile que prévu.*

*Alors qu'elle tente d'en apprendre davantage sur Camazotz et ses Kakchiquels, Buffy reçoit la visite du fantôme de l'ancienne Tueuse, Lucy Hanover, qui lui transmet un avertissement. Une entité nommée la Prophétesse a prédit que la Tueuse actuelle ferait bientôt une erreur aux conséquences catastrophiques.*

*Giles devine que Camazotz et ses fidèles doivent utiliser comme quartier général un bateau ancré dans le port de Sunnydale. Malgré les réticences de Buffy, il insiste pour que Willow les localise avec sa magie, afin que le gang de Scoubidou tout entier passe à l'attaque.*

*Buffy est chargée d'appeler Willow pour lui deman-*
*der de rassembler les ingrédients nécessaires au*
*lancement du sort. Après, les deux jeunes filles retrou-*
*veront Giles dans le quartier du port.*

*Mais quand Buffy téléphone chez Oz, il lui apprend*
*que Willow est sortie. La Tueuse transmet une partie*
*du message, omettant de parler du sort et du rendez-*
*vous fixé avec Giles. Elle espère que l'absence de*
*Willow poussera son ancien Observateur à abandon-*
*ner momentanément les recherches, lui permettant de*
*partir seule en quête de Camazotz.*

*Mais Giles ne se laisse pas décourager. Malgré les*
*protestations de Buffy, il interroge le capitaine du port*
*pendant qu'elle reste dans la voiture. Hélas, l'homme*
*est un vampire au service de Camazotz. Il informe*
*aussitôt son maître de la présence des deux intrus.*
*Buffy comprend que quelque chose cloche et s'intro-*
*duit dans le bureau à temps pour découvrir Giles*
*entre les griffes du capitaine du port.*

*Camazotz et un groupe de Kakchiquels surviennent.*
*Buffy est confrontée à un choix terrible : si elle les*
*combat, Giles sera certainement tué. Si elle se rend,*
*ils mourront tous les deux. Sachant que la première*
*règle dans son travail est de rester en vie, et suppo-*
*sant que Camazotz épargnera Giles pour s'en servir*
*comme appât, elle s'enfuit.*

*Plus tard, alors que Buffy et ses amis tentent de*
*localiser l'antre de Camazotz pour aller délivrer*
*Giles, Willow invoque le fantôme de Lucy Hanover,*
*qui les informe que les visions de la Prophétesse se*
*précisent. Craignant qu'elles n'aient un rapport avec*
*la situation présente, Buffy charge Lucy de demander*
*à la Prophétesse de s'entretenir avec eux.*

*L'apparition leur révèle que Buffy a déjà commis*

son erreur, et qu'elle ne peut plus rien faire pour dévier le cours de l'avenir sinistre qui les attend. Elle propose à la jeune fille de lui faire voir le futur en s'introduisant dans son esprit.

La Prophétesse est en réalité Zotziloha, l'épouse en fuite de Camazotz. Elle recherche un hôte puissant pour s'emparer de son corps et pouvoir se défendre contre son mari. Elle est venue à Sunnydale pour posséder la Tueuse, et Camazotz l'a poursuivie jusque-là.

Dès qu'elle touche Buffy, Zotziloha expulse l'esprit de la jeune fille de son corps. Grâce à une magie inconnue, elle la projette cinq ans plus tard, dans un futur cauchemardesque.

L'esprit de la Buffy de dix-neuf ans se mêle à celui de son double plus âgé. Elle se réveille en captivité : depuis des années, les Kakchiquels la retiennent dans une cellule pour la neutraliser et éviter l'activation d'une nouvelle Tueuse.

Buffy parvient à s'échapper et découvre que les vampires contrôlent désormais Sunnydale et ses environs. Chaque jour, leur influence s'étend.

La jeune femme contacte le Conseil des Observateurs qui a dans la région une base occupée par des agents dont la mission consiste à mettre un terme au règne du roi des vampires. Parmi ces agents figurent les vieux amis de Buffy : Willow, Alex et Oz, qui ont beaucoup changé depuis leur séparation. Ils se sont tellement endurcis que Buffy les reconnaît à peine.

Puis Willow révèle à Buffy l'horrible vérité.

Le roi des vampires est Rupert Giles.

# CHAPITRE PREMIER

*Drusilla est morte.*

Spike roulait dans les rues de Sunnydale au volant d'une Camaro argentée aux vitres peintes en noir. Le soleil était levé depuis des heures et ses rayons s'infiltraient par de minuscules interstices sur les côtés du pare-brise. Il fallait bien qu'il y voie quelque chose pour conduire…

Derrière les lunettes d'aviateur noires qu'il portait pour se protéger les yeux, des larmes coulaient sur les joues de Spike. Sa mâchoire était contractée, ses jointures blanchies sur le volant. D'habitude, il faisait toujours hurler la radio. Pour une fois, un silence lugubre régnait dans la voiture. Pas de musique, ni même le souffle d'une respiration. Après tout, il était décédé depuis longtemps.

Mais il ne s'était jamais senti aussi mort que depuis ce funeste matin.

*La Tueuse. Cette petite garce !*

Mais ça n'était pas seulement sa faute.

Autant que Spike eût voulu rejeter le blâme sur Buffy, il reconnaissait qu'il n'aurait jamais dû laisser Giles les séparer, Drusilla et lui. Les envoyer en mission chacun de leur côté. Mais Giles était le roi. Jusqu'à présent, il les avait toujours bien guidés.

Jusqu'à présent.

*Salaud !*

Giles avait des projets grandioses et Spike voulait y participer. Mais Drusilla morte, tout menaçait de s'écrouler. Pendant des millénaires, les vampires avaient fait de grands rêves, mais accompli des actes insignifiants, incapables de s'allier pour le bien commun ou d'organiser rien de plus compliqué qu'un massacre. Rupert Giles était différent.

Grâce au sang du dieu-démon Camazotz, qui provoquait une accoutumance immédiate, il s'était assuré la loyauté des Kakchiquels. Et il voulait mettre la main sur le monde. Contrairement à beaucoup de vampires et de démons, il avait une patience inébranlable. Il lui faudrait du temps pour parvenir à ses fins. Mais il n'était pas pressé.

*Et voilà que la Tueuse refait surface. Et que se passe-t-il ?*

Des images de Drusilla dansaient devant les yeux de Spike. Il entendait encore son petit rire dément, revoyait son corps nu éclaboussé de sang, humait l'odeur de dentelle fanée et de lilas qui l'enveloppait toujours.

De nouvelles larmes jaillirent de ses yeux. Elles ruisselèrent sur ses joues puis tombèrent sur le col de son blouson de cuir noir où il les laissa sécher, comme une offrande au fantôme de son amour mort.

Hélas, les vampires n'avaient pas de fantôme...

Spike traversa le centre-ville désert qui s'animerait comme une fête foraine macabre à la tombée de la nuit. Les Kakchiquels aimaient s'amuser avec les habitants humains de Sunnydale. Pour leur sang. Pour le sexe. Pour la torture. A chaque humain qu'ils tuaient, deux autres débarquaient en ville, motivés par le désir de découvrir la vérité ou de se soumettre au règne des vampires.

Ces humains-là étaient prêts à tout pour qu'un amant ou une maîtresse kakchiquel boive leur sang. Le risque de voir leurs entrailles répandues sur un trottoir, ou de se faire éclater la tête sur un des poteaux du Parc de Hammersmith, leur semblait un faible prix à payer.

Et il y avait les vrais habitants de Sunnydale, ceux qui étaient là quand tout avait commencé et qui n'avaient pas eu le courage de s'enfuir. La plupart se terraient dans leur maison ou continuaient leurs activités diurnes avec la permission des vampires, qui dormaient pendant la journée. Ces humains-là étaient ceux que Spike comprenait le moins et méprisait le plus.

*Lâches !*

Il roula en silence jusqu'à la mairie. Il faisait chaud dans la voiture. Bien que cela ne l'incommodât pas réellement, ça lui paraissait déplacé. Sa poitrine lui semblait vide, comme si le scalpel d'un chirurgien venait de lui arracher le cœur. Un cœur froid et mort, mais encore gorgé du sang de ses victimes. Depuis la mort de Drusilla, il n'était qu'une coquille vide, un masque qui ne cachait plus aucun visage.

*Comment peut-il faire si chaud ?*

Spike était certain qu'il aurait dû se sentir glacé jusqu'à la moelle. Il monta la climatisation au maximum pour savourer l'engourdissement de ses doigts tandis que sa température corporelle baissait.

Il entra dans le parking souterrain de la mairie et se gara à son emplacement réservé. Il avait cessé de pleurer. Quand il sortit de la voiture, seul son air sinistre témoignait encore de son chagrin.

D'une poche de son blouson, il sortit un passe en plastique blanc de la taille d'une carte de crédit. Il approcha de la porte du complexe et le glissa dans la fente.

Une lumière verte s'alluma. La serrure cliqueta. Il poussa le battant et entra dans les sous-sols de la mairie, d'où partaient les tunnels qui conduisaient au tribunal, au commissariat et à la bibliothèque municipale.

Spike s'engagea dans l'un d'eux, le crissement du cuir rythmant le bruit de ses pas. A une intersection, il prit à gauche, vers une rangée d'ascenseurs, et utilisa de nouveau son passe pour en appeler un.

Il entra dans la cabine et appuya sur le bouton du troisième étage. Dans un coin, une caméra de sécurité le filmait. Spike n'était plus que l'ombre de lui-même, une sorte de fantôme. Foudroyant la caméra du regard, il se demanda si les gardiens qui surveillaient les écrans voyaient ce changement en lui. S'ils le regardaient monter en frissonnant.

Il espérait que oui.

L'ascenseur s'immobilisa, et la porte coulissa. Deux Kakchiquels massifs montaient la garde dans le couloir, barrant le passage à Spike. Leurs yeux crépitaient d'énergie, et leur visage tatoué était impassible. Spike ne fut guère surpris de les voir.

— Nous ne t'attendions pas avant le crépuscule, dit l'un d'eux d'une voix atone.

— Le maître n'aura pas besoin de toi avant, ajouta son compagnon.

Spike les observa à travers les verres teintés de ses lunettes. Il glissa le passe dans sa poche. La porte de l'ascenseur commença à se refermer. Il appuya sur un bouton pour la rouvrir.

— Je sais, il m'en a parlé. Il voulait que je me repose un peu, que je prenne le temps de décompresser. (Spike haussa les épaules.) Qu'il aille se faire foutre !

Il saisit le Kakchiquel de gauche par les cheveux et lui flanqua un coup de genou dans l'entrejambe. Le vampire se plia en deux. Spike le tira dans la cabine et sortit dans le couloir.

L'autre était prêt à l'affronter, ou au moins, il le pensait. Spike encaissa un coup à la tempe qui fit voler ses lunettes de soleil. Furieux, il saisit la tête du Kakchiquel et serra, lui brisant les pommettes et la mâchoire. Il savait que ses yeux brillaient du pouvoir de Camazotz, comme ceux de son adversaire.

Spike plaqua le vampire contre le mur, l'empoigna par les cheveux et lui frappa la tête contre la vitre qui protégeait un extincteur. Des débris de verre lui entamèrent la main. Mais il sentit à peine la douleur pendant qu'il décrochait l'extincteur et s'en servait pour fracasser le crâne du Kakchiquel.

Quand sa tête ne fut plus que fragments d'os et chair sanguinolente, il explosa.

Une sonnerie résonna derrière Spike. Il se retourna. La porte de l'ascenseur se rouvrait.

Le vampire à qui il avait donné un coup de genou fit un pas vers lui. Spike lui abattit son extincteur sur le nez, encore et encore. Quand le garde s'écroula, il appuya sur tous les boutons avant de sortir de la cabine. L'ascenseur redescendit, emmenant le Kakchiquel ensanglanté.

Spike ne sourit pas. Il n'avait plus aucune raison de se réjouir. Personne avec qui partager l'excitation d'une bagarre ou d'un massacre.

Il ramassa ses lunettes et les remit sur son nez. Puis

il fouilla dans la poche de son blouson, en retira un paquet de cigarettes et en alluma une avec son Zippo.

Il tourna au bout du couloir et arriva devant les portes de la salle d'audience. Deux autres Kakchiquels montaient la garde. Ils sursautèrent et se préparèrent à l'action.

Spike aspira une bouffée de fumée, l'exhala et toisa les deux vampires. Ses lunettes dissimulaient l'étincelle de pouvoir qui le liait à ces créatures.

— Je sais, je sais. Vous devez m'empêcher d'entrer. Allez-y, essayez ! Mais je vous préviens : vu mon humeur, vous devrez me tuer pour m'arrêter. Si vous le faites, il sera tellement en colère qu'il vous butera aussi. Vous savez combien il peut se montrer ingrat. Si vous me laissez passer, il vous punira. Mais vous resterez en vie.

Il fit des ronds de fumée sans prêter attention aux Kakchiquels, qui échangeaient un regard nerveux. Ils s'écartèrent pour le laisser passer et lui ouvrirent les portes.

Spike leur fit un clin d'œil et entra dans la salle d'audience.

Les rangées de sièges étaient occupées par des vampires aux yeux brillant d'un feu orange et au visage tatoué d'une chauve-souris. Au fil des mois, les têtes connues devenaient de moins en moins nombreuses. Giles envoyait en mission à l'extérieur de Sunnydale ceux en qui il avait le plus confiance. Mais il avait toujours gardé Spike et Drusilla près de lui, peut-être parce qu'il avait besoin d'eux... ou parce qu'il ne leur faisait *pas* confiance.

L'éclairage de la pièce était tamisé, le seul bruit étant celui des Kakchiquels qui s'agitèrent dans leur siège à l'entrée de Spike. Ils formaient un groupe de vampires hétérogène composé des serviteurs originels de Camazotz, de vampires recrutés en cours de route comme Spike, et d'autres, récemment transformés.

Giles occupait la place du juge. Ses yeux luisaient faiblement. Ses cheveux grisonnants étaient soigneusement coiffés en arrière et il affichait un sourire bienveillant. Vêtu d'un pull vert avec un col en V par-dessus un T-shirt blanc, seule l'absence de ses lunettes aurait mis la puce à l'oreille de ceux qui l'avaient connu autrefois, et pu leur révéler qu'il avait changé.

Brillant, modeste et animé des meilleures intentions du monde. Tel avait été Giles l'humain. Giles l'Observateur. Un masque qu'il portait encore, même si personne ne comprenait quel plaisir il en retirait.

Dans la salle d'audience, à part Spike, un seul vampire était debout. Comme il avait la peau noire, son tatouage à l'encre blanche le différenciait des autres.

Giles l'appelait Jax. Spike ignorait s'il avait un autre nom. Il était apparu un jour, transformé par Giles et vidé de son sang par Camazotz comme le voulait leur tradition. Très vite, il s'était élevé au-dessus des autres recrues, devenant le bras droit du roi.

Spike le haïssait.

Jax le regarda, eut un sourire en coin et fit signe à une vampire assise au premier rang.

— Valérie ? A toi de faire ton rapport.

— Un moment, coupa Spike en approchant du pupitre du juge.

Des murmures coururent dans l'assemblée.

— Spike, tu as une demi-journée d'avance. Nous t'avons réservé un entretien privé ce soir au crépuscule.

— Allez vous faire foutre !

Jax s'avança, les yeux brillants de haine. Spike aspira une bouffée de fumée, saisit le mégot de sa cigarette entre deux doigts et l'écrasa sur le front de Jax, qui grogna de colère et de douleur.

Spike lui flanqua un coup de poing.

Puis il leva les yeux vers Giles.

— Elle est morte, souffla-t-il d'une voix rauque. Aussi sûrement que si tu lui avais mis le feu toi-même. A quoi joues-tu avec la Tueuse ? Tu aurais pu l'avoir une dizaine de fois depuis son évasion.

Un instant, le masque tomba, et une ombre menaçante passa sur le visage de Giles. Son sourire se transforma en grimace. Ses narines frémirent et ses yeux brillèrent. Puis son expression indulgente, presque paternelle, reprit le dessus.

Il se pencha vers Spike par-dessus son pupitre.

— Va t'asseoir. Je veux écouter le rapport de Valérie. Quand elle aura terminé, nous parlerons de ce qui a mal tourné la nuit dernière et de ce que nous avons perdu.

Comme si Spike s'était volatilisé, Giles fit signe à Valérie d'approcher. Jax se massait le front presque distraitement. Spike était furieux qu'on l'ignore ainsi, mais ça valait mieux que d'entendre Giles ordonner à ses serviteurs de le tuer.

Pourtant, il resta debout. Il recevait ses ordres du roi, mais il n'en restait pas moins un dur avec une réputation à préserver. Giles le savait, et n'hésitait pas à utiliser à son avantage la crainte que Spike éveillait chez leurs congénères. Jax était son bras droit, et Spike son justicier... son assassin. *Tant que Drusilla était en vie... Maintenant, il a des comptes à me rendre.*

Valérie, un des agents de Giles, jeta un regard hésitant à Spike. Il eut un rictus sauvage ; elle frémit et détourna le regard. Puis elle approcha du roi et lui fit une courbette servile.

— Seigneur et maître, l'opération Los Angeles se déroule conformément à votre stratégie. Nous avons converti vingt-deux pour cent des effectifs du département de police. La prise de contrôle totale est planifiée pour mercredi prochain ; la transformation du maire et des conseillers pour la veille.

Giles se massa pensivement le menton, le regard dans le vague. Trente secondes passèrent sans que personne ose interrompre sa réflexion.

— Ça suffit, espèce d'Anglais pompeux ! cria enfin Spike. Tu as fini ton cinéma ? On peut passer à la suite ?

Il leva les yeux au ciel et croisa les bras, conscient que tous les regards étaient fixés sur lui.

Il s'attendait à une explosion de colère, mais Giles ne frémit pas. Valérie se dandinait d'un pied sur l'autre. Jax resta impassible, refusant d'admettre que le comportement de son maître était blessant.

Puis il fit un pas vers Giles.

— Seigneur ?

— Mouais ? marmonna Giles. (Il baissa les yeux vers Jax et Valérie, et battit des paupières à plusieurs reprises.) Ah, oui. Désolé. C'était la nuit dernière, n'est-ce pas ?

Valérie gloussa comme une écolière. Spike réprima une furieuse envie de lui arracher le cœur. Le roi devenait gâteux. Ils devaient tous s'en apercevoir ! Depuis l'évasion de Buffy Summers, il divaguait. Et il avait disparu de ses appartements une demi-douzaine de fois sans prévenir personne.

— Valérie, il me semble que tu n'as pas mentionné les directeurs des studios de cinéma, rappela Giles.

— Nous nous sommes chargés d'eux la nuit dernière, comme vous nous l'aviez demandé. Celui de la Paramount nous a échappé : il est en cure dans le Nevada. Nous avons envoyé une équipe.

— Excellente initiative.

Giles se leva, et tous les spectateurs l'imitèrent.

— Nous reprendrons demain matin. D'ici là, si vous avez un rapport à faire ou une requête urgente, adressez-vous à Jax.

Son sourire s'élargit quand il se tourna vers Spike.

— A présent, William, passons dans mon bureau.

Jax foudroya Spike du regard en s'engageant dans l'allée centrale. Aussitôt, une foule de Kakchiquels impatients se pressèrent autour de lui.

Spike surprit Valérie en train de l'observer, l'air fasciné. A un autre moment, il aurait fait le coq devant elle, peut-être flirté un peu. Mais les larmes étaient à peine sèches sur ses joues, et la mort de Drusilla trop récente.

Giles descendit de l'estrade puis gagna la lourde porte de bois qui conduisait à son bureau. Il l'ouvrit et s'immobilisa sur le seuil. Il souriait toujours, mais Spike frissonna en voyant la lueur qui brillait dans ses yeux. Il se souvenait parfaitement de Rupert Giles l'Observateur, un homme qui s'en remettait à la connaissance plutôt qu'à la violence.

La créature qui se tenait devant lui n'était plus cet homme. Elle n'était plus un homme du tout ! Elle avait conservé les souvenirs de Giles, son intelligence et ses dons de stratège, les exploitant à son avantage pour devenir le seigneur de milliers de vampires.

Cette idée dégrisa quelque peu Spike quand il entra dans le bureau.

Les fenêtres avaient été peintes en noir. Dans un coin, le squelette du juge Warren Hester pendait à un portemanteau. Des touffes de cheveux et des lambeaux de peau séchée s'accrochaient encore à ses os. La nuit, on ouvrait les fenêtres pour aérer la pièce. Mais l'odeur s'était dissipée au fil des ans.

— Bonjour, Votre Honneur ! lança Giles au squelette.

Il s'assit sur le bord du bureau, croisa les bras et dévisagea Spike avec une compassion aussi feinte que sa bienveillance coutumière.

— Tu m'offres une cigarette ? lança-t-il.

Spike leva un sourcil étonné, puis tira le paquet de sa poche et le tendit à Giles. Il alluma la cigarette, referma son Zippo et le glissa de nouveau dans sa poche.

Giles inspira profondément, la cigarette coincée entre index et majeur.

— Tu sais combien Drusilla comptait pour moi, commença-t-il. Je suis peiné que tu m'accuses d'être responsable de sa destruction. Pourquoi aurais-je fait une chose pareille ?

Spike baissa les yeux. Une attitude puérile, mais il ne pouvait pas s'en empêcher.

— Je ne dis pas que tu l'as fait exprès, Ripper. Mais tu joues avec cette fille. Je trouvais génial de la garder enfermée et de ne pas la buter histoire qu'aucune Tueuse ne prenne sa place. Mais elle a fini par s'échapper. Je ne suis pas certain qu'il ait été malin de fourrer la nouvelle dans la même cellule – la petite mignonne qui a remplacé Faith après que je l'ai descendue. Bon, il est trop tard pour revenir là-dessus.

Mais les nôtres auraient pu rattraper Buffy Summers cinq minutes après son évasion, ou pendant qu'elle roulait vers Sunnydale. Tu leur as ordonné d'attendre. Puis tu lui as donné cette fichue arbalète.

— Tu étais au courant ?

— Je t'ai vu partir avec, et j'ai additionné deux et deux. Sur le coup, j'ai pensé que tu t'amusais avec elle. Je peux comprendre ça. Autrefois, c'était ta protégée. D'une certaine façon, tu étais son sire, comme Angel est le mien. Il ne m'a pas engendré, mais il m'a tout appris. J'ai cru que tu jouais au chat et à la souris. De là à la laisser filer ! Et à la laisser massacrer tes serviteurs les plus précieux… Harmony était une imbécile, mais une imbécile vicieuse ; Matthias et Astrid étaient les meilleurs vampires que Camazotz a amenés ici. Et Dru…

Sa voix se brisa.

— J'aurais dû être là ! cria-t-il. Tu nous as ordonné de nous séparer, mais tu savais exactement ce que ferait Buffy. Après tout, c'est toi qui l'as entraînée. Qui la connaît mieux ? Tu peux prédire tous ses mouvements. Tu lui as laissé trop de liberté, et maintenant, Drusilla est morte.

— C'est vrai, admit Giles. Tout ce que tu viens de dire est vrai. Les gens te sous-estiment, Spike. Tu es beaucoup plus malin qu'ils ne le pensent.

Spike secoua la tête, ne sachant que dire. Il n'aurait pas cru que le roi reconnaîtrait sa part de responsabilité dans la mort de Drusilla.

Giles leva les yeux au ciel.

— Que veux-tu que je te dise ? Je suis désolé d'avoir perdu Drusilla. Vraiment. Elle m'amusait beaucoup. On ne faisait pas plus divertissant qu'elle. Et ses visions étaient utiles, quand j'arrivais à y comprendre quelque chose. Mais elle est morte. Que veux-tu que j'y fasse ? Tu comptes bouder comme un gamin de cinq ans et partir en Grèce ou au Brésil pour lécher tes blessures ? Vas-y, si ça te chante. Je ne te retiens pas.

Spike frémit. Il sentit monter en lui une colère comme il n'en avait jamais connu. Pas seulement à cause de son chagrin et du vide laissé par la disparition de Drusilla. C'était plus viscéral et plus personnel que ça.

Spike avait passé plus d'un siècle à prouver sa valeur après qu'Angel et Darla l'eurent rejeté. Il avait éliminé davantage de Tueuses que n'importe quel autre vampire. Mais Giles le considérait comme un parasite.

— Je vais te dire ce que tu devrais faire, grogna-t-il alors que ses crocs s'allongeaient et que son front se plissait. Tu rassembles une bande comme dans les vieux westerns, tu pourchasses la Tueuse et tu la butes avant qu'elle ne fasse davantage de dégâts. Ou as-tu déjà oublié la sale manie de Buffy Summers ? S'immiscer dans nos affaires et nous gâcher notre plaisir ?

La lèvre supérieure de Giles frémit. Il porta une main à son nez comme pour rajuster une paire de lunettes invisible. S'interrompant, il serra le poing et laissa retomber son bras.

Spike fronça les sourcils. Un instant, Giles avait oublié qu'il n'avait plus besoin de lunettes. Une réaction instinctive datant de l'époque où il était encore humain.

— Tu n'as pas envie de la tuer, c'est ça ? souffla Spike, incrédule. Que t'arrive-t-il, Ripper ? Tu te ramollis ?

Giles frissonna. Il se pencha vers Spike, les yeux plissés. Son visage se transforma, et ses lèvres se retroussèrent, révélant ses canines allongées. Il fit un pas en avant.

— J'accorde une certaine valeur à tes services, Spike. A cause de ça, je me suis souvent montré indulgent. Mais plus maintenant.

Spike voulut protester, mais Giles était trop rapide pour lui. Le maître des vampires le saisit par la gorge et le souleva de terre.

Spike se débattit, agitant les jambes et frappant son adversaire sur le crâne pour lui faire lâcher prise. Giles lui flanqua un coup de tête ponctué d'un craquement sonore, puis le projeta contre le bureau du défunt juge Hester.

— Il ne t'appartient pas de mettre en question ma stratégie ! rugit-il en lui tirant un coup de pied dans la poitrine.

Spike sentit des côtes se briser.

— Il faut bien que quelqu'un le fasse, dit-il, sans savoir si c'était du courage ou de la stupidité.

Il tenta de se relever. Giles le saisit par les revers de son blouson et le projeta contre le portemanteau avec une telle force que le squelette du juge tomba en morceaux.

Quand Spike releva les yeux, Giles se campait au-dessus de lui. Il lui lança un coup de pied dans la tête, et sa pommette éclata.

— Fils de pute !

Giles s'accroupit. Son visage était redevenu humain. Ses traits s'étaient adoucis. Comme ça, il semblait encore plus terrifiant.

— Tout ce qu'elle est, elle me le doit. Comme si j'étais son père. C'est une créature plus parfaite et un prédateur plus redoutable que tous les vampires qui me servent. Je voulais revoir cette beauté, l'admirer encore…

Spike s'essuya la bouche d'un revers de la main. Du sang macula ses doigts.

— Ça, c'est un plan génial, marmonna-t-il. Les choses vont trop bien pour vous. Vous trouvez tout trop facile, alors vous décidez de corser le jeu. J'ai déjà vu ça des milliers de fois. Je l'ai fait moi-même. Gagner n'est pas drôle si on ne rencontre pas un minimum d'opposition. Mais c'est beaucoup moins stupide.

Giles lui flanqua un nouveau coup de pied dans le ventre, puis se baissa pour ramasser un morceau de portemanteau. Il se détourna et s'éloigna sans prêter attention à Spike, comme s'il était un moustique agaçant mais pas dangereux.

— Je m'amuse avec elle. J'y prends du plaisir. Ça ne te regarde pas. Mais si tu veux vraiment le savoir, je n'ai pas l'intention de la tuer. Je ne voulais pas qu'elle s'échappe. Maintenant qu'elle a réussi, elle ne se laissera plus capturer vivante. Je veux voir si elle est toujours aussi dangereuse. On dirait que la captivité l'a rendue encore plus redoutable. Buffy Summers est un assassin parfait. Imagine ce qu'elle deviendrait si je la transformais.

Spike écarquilla les yeux. Il se releva avec peine, une main sur ses côtes cassées.

— Tu comptes la transformer en vampire ?

Giles le regarda et sourit.

— Bien entendu. Sinon, ce serait un terrible gaspillage, tu ne trouves pas ? Et il va falloir quelqu'un pour te remplacer.

— Que… ? commença Spike.

Il ne put terminer sa phrase. Giles bondit sur lui, le morceau de bois à la main. Il l'abattit sur le crâne de Spike, qui tituba et leva les bras pour se protéger. Giles lui cassa la main droite d'un autre coup de portemanteau.

— Non ! cria Spike.

— Je dois faire un exemple, dit froidement Giles. Si tu étais moins impétueux…

Il enfonça le bois dans le ventre de Spike et le poussa vers une des fenêtres peintes en noir.

Le verre se brisa. Spike dégringola trois étages sous la lumière et donna un coup de reins pour se retourner comme un chat. Quand il heurta le trottoir, il se déboîta une épaule, et ses côtes brisées lui déchirèrent les poumons.

Il perdit connaissance quelques secondes.

Ses vêtements fumèrent. Puis de minuscules flammes dansèrent sur tout son corps. Il était en train de brûler.

Il rouvrit les yeux, poussant un cri de rage. Non sans difficulté, il se releva et courut vers l'entrée du parking souterrain.

*Salaud !* pensa-t-il en se glissant dans la pénombre, loin de la lumière meurtrière du soleil.

Puis il flanqua de grandes claques à ses vêtements pour éteindre les flammes.

Ses clés tintèrent dans sa poche.

*Mais tu ne te débarrasseras pas aussi facilement du bon vieux Spike.*

Giles avait reculé assez vite pour ne pas être brûlé par les rayons du soleil qui entraient dans son bureau.

Son visage et ses mains picotaient, mais ça passerait vite.

Evidemment, il faudrait changer la fenêtre. Il pourrait se contenter de faire remplacer la vitre : au début de son règne, il appréciait le symbolisme des vitres peintes en noir. Mais ça lui avait passé. Cette fois, il ferait poser une vraie fenêtre avec un bel encadrement de bois et des rideaux pour bloquer la lumière du jour. Comme ça, s'il s'attardait au tribunal après la tombée de la nuit, il pourrait les ouvrir pour contempler les étoiles.

Giles savait que Spike avait probablement survécu. Mais malgré toutes ses vantardises, William le Sanguinaire n'avait jamais été très courageux. L'instinct de survie restait sa première motivation. Il allait partir en marmonnant, s'embarquer pour un petit massacre intercontinental et revenir dans dix ou quinze ans pour faire admirer son plumage aux nouvelles poules de la basse-cour, en bon petit coq qu'il était.

Giles le réintégrerait dans les rangs de ses fidèles. Il aurait été suffisamment puni, et il savait parfois se rendre utile. Certes, sa légende était plus impressionnante que sa réalité. Il était cependant un excellent chasseur et un stratège acceptable quand il décidait de s'y mettre. Un peu trop émotif, mais Giles pouvait difficilement lui jeter la pierre.

Il repensa à Buffy et sourit. Il n'avait jamais connu de créature aussi tenace et résistante. Au fond, il était déçu qu'elle ait mis aussi longtemps à s'échapper, malgré tous les ennuis qu'elle aurait pu lui causer. A présent qu'elle était libre, il n'était pas loin de se réjouir du carnage qu'elle venait de perpétrer.

Il l'avait toujours considérée comme sa fille.

Bientôt, elle le deviendrait vraiment. Son sang y veillerait.

Prenant garde à éviter le carré de lumière qui s'étendait sur le sol, Giles se pencha sur les restes du juge Hester et les ramassa en sifflotant. Savourant par avance la soirée à venir et la petite virée qu'il ferait pendant la nuit.

# CHAPITRE II

*Dans son rêve, elle est deux.*

*La Buffy de dix-neuf ans semble flotter dans un torrent de ténèbres qui l'enveloppe et la bouscule, pesant sur sa nuque comme si une créature invisible avait violé sa chair et plongé un crochet en haut de sa colonne vertébrale pour la maintenir en place. Elle n'éprouve pas de douleur, seulement de la gêne et quelque chose qui tire sur la peau de son cou.*

*Au cœur de l'obscurité, elle aperçoit un noyau brillant, une veine violette chargée d'électricité et de menace qui serpente devant et derrière elle jusqu'à se perdre dans le lointain, suivant le même trajet que le courant qui la ballotte.*

*Une effrayante certitude la fait frissonner.*

*Buffy suit la trajectoire de la veine et constate qu'elle lui traverse la poitrine. Soudain, une étrange chaleur rayonne autour du point d'entrée dans son corps. Buffy se sent plus forte tout à coup, ses perceptions décuplées. Comment n'avait-elle pas remarqué le fil magique qui la transperce ?*

*Elle n'en a pas la moindre idée. Mais elle comprend que le tiraillement, dans sa nuque, est dû à cette veine d'énergie qui doit ressortir à la base de son crâne.*

*Quelque chose la maintient en suspension dans le courant de ténèbres.*

*La Buffy de dix-neuf ans baisse les yeux. Une lumière vient de s'allumer. Elle découvre une chambre au mobilier spartiate, un lit au matelas dur, une couverture rugueuse. La Buffy de vingt-quatre ans repose dessous. Elle s'agite dans son sommeil. Ses traits ont la beauté et la dureté du diamant. Des muscles courent le long de ses bras, jusqu'à ses mains couvertes de cals.*

C'est moi. Ou ce sera moi.

Non. Non, c'est moi. Ça ne devrait pas l'être, mais ça l'est quand même.

*La Buffy de dix-neuf ans cligne des yeux. Puis elle voit que la veine violette la lie à son double de vingt-quatre ans comme un monstrueux cordon ombilical.*

*Et elle comprend ce que c'est.*

Le pouvoir de l'Elue. De la première Tueuse à la dernière.

Mais pourquoi fait-il si noir ?

— *Buffy ?*

*Une voix résonne dans le vide.*

*Buffy tourne la tête et aperçoit un visage aux traits d'abord indistincts, mais qui se précisent en scintillant. Des cheveux blonds ondulés, un sourire doux et las. Si familier, si tendre…*

— *Maman ? Où es-tu ?*

*Le sourire s'évanouit.*

— *Ici, ma chérie. Je suis ici.*

— *J'ai besoin de te voir. De te trouver.*

*Joyce Summers secoue la tête tandis que le courant l'emporte au loin.*

— *Faith a essayé de me sauver. J'ai pensé que tu devais le savoir, dit-elle.*

*Buffy tente de nager dans le torrent pour suivre sa mère. Mais elle est retenue par la Buffy de vingt-quatre ans.*

*— Qui ? crie-t-elle dans les ténèbres, alors que des larmes coulent sur ses joues. Qui t'a tuée ?*

Quand Buffy se réveilla, ses joues étaient encore humides.

A trop s'agiter dans son sommeil, elle avait fait tomber sa couverture. Le soleil qui brillait dehors projetait un carré de lumière tiède sur ses jambes. Elle se recroquevilla en position fœtale sur le lit.

Le soleil la mettait mal à l'aise. Il était trop sain, trop plein de chaleur et de vie. A ses yeux, le jour était un phénomène contre nature, une transition entre deux périodes nocturnes, fallacieux espoir de sécurité avant que ne s'abatte de nouveau le couperet des ténèbres.

Et tout ça à cause de Giles.

*Giles...* Seul un dieu cruel avait pu imaginer une telle plaisanterie : transformer son mentor et ami en monstre.

Buffy revoyait le visage de Rupert Giles, un homme bon qui s'était davantage occupé d'elle que son propre père.

*Oh, Giles...*

Usant d'une magie noire inconnue, la Prophétesse avait projeté l'âme de Buffy cinq ans dans l'avenir. Depuis, elle vivait dans son corps de vingt-quatre ans. Deux esprits jumeaux y cohabitaient ; bien que leurs souvenirs et leurs pensées soient parfois conflictuels, ils avaient pratiquement fusionné. Buffy pensait cependant que la situation était temporaire. Au cas où elle se serait trompée, elle s'y était résignée.

Dans cet avenir de cauchemar, elle venait de passer cinq ans enfermée dans la cellule où les vampires l'avaient jetée. Elle s'en était évadée pour découvrir que sa meilleure amie, Willow Rosenberg, était devenue un des agents clés de la lutte contre les forces des ténèbres. Willow faisait montre d'une sagesse et d'une puissance qu'elle ne lui aurait jamais soupçonnées.

Willow lui avait raconté comment ils en étaient arrivés là. Le dieu des chauves-souris, Camazotz, était venu à Sunnydale avec ses Kakchiquels, une race de vampires à qui il conférait une partie de ses pouvoirs démoniaques. Luttant contre la Tueuse, il avait ordonné que Giles soit transformé en vampire.

La plus grave erreur que Camazotz ait jamais commise. Vivant, Giles avait un esprit brillant, des dons de stratège, une connaissance presque encyclopédique de la démonologie... et des tendances violentes qu'il avait eu du mal à réprimer dans sa jeunesse. Le démon qui s'était emparé de lui avait conservé ses souvenirs et sa personnalité. Camazotz avait créé son pire ennemi.

Giles était le roi des vampires. Nul ne savait ce qu'il était advenu de Camazotz. Comme les Kakchiquels, anciens ou nouveau-nés, gardaient l'aura typique de son pouvoir, Willow et les autres le présumaient vivant.

Willow avait raconté tout ça à Buffy et bien plus encore. La Tueuse en avait eu le cœur brisé. Mais sa meilleure amie ne lui avait pas tout dit. En particulier, elle ne lui avait pas parlé du meurtre de sa mère. Par deux fois, Buffy avait abordé le sujet, et Willow avait détourné la conversation.

La Tueuse venait d'apprendre la vérité grâce à son rêve. Un millier de questions se bousculaient dans sa tête, mais elle les repoussa. Ça pouvait attendre qu'elle ait eu une conversation avec Willow.

La nuit précédente, Buffy avait été sauvée de justesse par une équipe que dirigeait sa meilleure amie… Enfin, la jeune femme qui, à dix-neuf ans, était sa meilleure amie. Alex et Oz faisaient partie du groupe. Tous semblaient très différents. Marqués par les épreuves. Endurcis.

Passé la gêne initiale, Willow s'était radoucie, et Buffy avait cru retrouver l'étudiante qu'elle connaissait si bien. Comme si elles avaient rétabli le contact.

A présent, elle n'en était plus si certaine. Sa mère était morte, et Willow le savait forcément.

Ces pensées la torturaient lorsqu'elle se leva. La petite chambre qu'on lui avait affectée avait sa propre salle de bains. Bien qu'elle se soit douchée avant de s'endormir, Buffy fit de nouveau sa toilette. L'eau était brûlante, et de la vapeur emplit bientôt la petite pièce. Elle l'inhala à pleins poumons, comme pour se purifier aussi de l'intérieur.

La penderie était pleine de vêtements. Rien à sa taille, mais ses hôtes n'avaient pas vraiment eu le temps de se préparer à son arrivée. Buffy réussit à trouver un jean, un T-shirt et un sweat à capuche bleu marine dans lesquels elle ne flotte pas. Puis elle passa quelques minutes à faire des étirements.

Elle devait expliquer à Willow ce qui s'était passé cinq ans plus tôt. Lui faire comprendre comment deux versions d'un même esprit, deux instantanés d'une même âme pris à des moments différents, pouvaient coexister dans un seul corps. Puis, avec son aide, elle chercherait un moyen de ramener son esprit de dix-neuf ans à son époque – et dans son corps.

Même si elle ne faisait rien, cette séparation finirait par se produire. Mais elle ignorait quand.

D'un bond, elle se percha sur le montant métallique du lit, les bras tendus. Elle fit un saut périlleux arrière, puis lança des coups de pied et de poing à un adversaire invisible pour finir de se réveiller.

Cinq ans plus tôt, elle avait voulu trop en faire, tentant de mener deux existences parallèles à cent pour cent chacune. Voilà qui rendait sa situation actuelle d'autant plus ironique !

Mais elle n'était qu'une seule et même personne. Buffy Summers, la Tueuse. Elle aurait dû en tenir compte et accepter qu'elle eût parfois besoin d'aide. Si elle n'avait pas insisté pour se débrouiller seule cette terrible nuit, Giles n'aurait pas été capturé. Et ce futur n'aurait jamais existé. Si elle avait eu un peu plus de jugeote, un peu moins de fierté imbécile...

Elle avait compris la leçon et ne prendrait plus une minute de repos jusqu'à ce qu'elle ait ramené les choses à la normale. Elle devait trouver le roi des vampires, Rupert Giles... Et le pulvériser.

Buffy inspecta sa petite chambre et sourit. La cellule où elle venait de passer cinq ans était plus grande. Mais ici, une fenêtre laissait entrer le soleil. Et surtout, elle pouvait ouvrir la porte et sortir quand elle voulait.

Animée par sa détermination et son besoin d'agir, Buffy quitta sa chambre et s'engagea dans le couloir. Le bâtiment où le Conseil des Observateurs avait installé ses forces spéciales était d'une austérité presque militaire : une moquette grise rase sur le sol, et des murs couverts d'une peinture blanc terne qui lui fit penser à la couleur des vieux ossements.

Passant devant une porte ouverte, Buffy aperçut un

type d'une trentaine d'années qui faisait des tractions sur une barre. Quand il la vit passer, il la suivit du regard.

Elle croisa d'autres personnes vêtues d'un uniforme paramilitaire gris ou d'un costume soigneusement repassé.

A une intersection, elle huma une odeur de nourriture. La cafétéria, supposa-t-elle, en se laissant guider par son odorat. Son estomac gargouilla, et elle s'aperçut qu'elle mourait de faim.

Elle n'avait pas atteint son but quand une petite porte s'ouvrit sur sa gauche, livrant passage à une silhouette familière. Oz portait un jean et un T-shirt de coton vert à manches longues beaucoup trop grands pour lui. Buffy pensa qu'ils avaient tous les deux l'air d'avoir piqué les fringues de quelqu'un d'autre.

Avant qu'il l'aperçoive, Buffy eut le temps d'étudier le visage du jeune homme. Il avait les cheveux plus longs qu'autrefois, et le menton couvert de poils roux hérissés. Comme d'habitude, son expression ne trahissait pas ses sentiments. Mais elle lut dans ses yeux une mélancolie qui lui fit froncer les sourcils.

Oz tourna brusquement la tête vers elle.

— Buffy ! lança-t-il en guise de salut.

— Oz…

Ils s'observèrent, mal à l'aise et ne sachant que faire.

Buffy rompit le silence.

— Je me baladais dans le coin. J'essayais de prendre mes marques.

— Tu veux que je te fasse faire une visite guidée ?

— Volontiers.

Une vingtaine de minutes durant, ils parcoururent les couloirs du bâtiment. Bien que les commentaires d'Oz

se limitent à « bibliothèque » ou « salle d'entraînement », Buffy appréciait sa compagnie. Il n'y avait
pas trace de perfidie en lui. Mais ça n'était pas tout.

Alors qu'ils descendaient l'escalier qui les ramène-
rait dans le couloir où ils s'étaient rencontrés, la jeune
femme s'immobilisa et se tourna vers Oz, qui leva un
sourcil interrogateur.

— Tu me fais confiance, dit-elle.

— Oui, et alors ?

— Pourquoi ?

Oz inclina la tête d'une façon qui évoquait le loup
tapi en lui, bien que ses traits soient parfaitement
humains.

— Je ne devrais pas ?

— Si, bien sûr, mais... Hier soir, il m'a semblé
qu'Alex et Willow se méfiaient un peu de moi. Je sais
que ça fait longtemps, et je ne m'attends pas à ce que
les choses redeviennent comme avant. Mais j'ai l'impression d'être la méchante demi-sœur. Je ne sais pas
si c'est du ressentiment... On dirait qu'ils ne veulent
pas de moi ici.

— Willow dirigeait l'équipe, lui rappela Oz.

— C'est vrai. Je me fais peut-être des idées parce
qu'il y a longtemps que je ne vous ai pas vus...

— La vie a continué, Buffy. Willow a toujours
pensé que tu finirais par revenir. En attendant, nous
avions une guerre sur les bras. Maintenant, la
machine est lancée et elle fonctionne toute seule. Il
nous faudra un peu de temps pour t'y trouver une
place.

Buffy comprit ce qu'il voulait dire, parce qu'elle
éprouvait la même chose. Il lui fallait découvrir quel
était son rôle dans cette époque cauchemardesque.
Les tâtonnements seraient inévitables. Elle devrait

faire preuve de patience et attendre que ça se tasse, voilà tout.

Oz recommença à descendre l'escalier. Buffy lui posa une main sur l'épaule pour le retenir. Elle avait encore des choses à lui demander. Mais il tourna la tête vers elle, les narines frémissantes, et grogna.

Buffy retira sa main. L'expression d'Oz s'adoucit immédiatement.

— Désolée, dit-elle.

— Pas grave. Je n'aime pas qu'on me touche, mais tu ne pouvais pas le savoir.

De nouveau, quelqu'un lui faisait sentir qu'elle était une étrangère parmi eux. Elle espéra que ça ne durerait pas.

— J'ignore encore beaucoup de choses, dit-elle. Par exemple… Comment as-tu appris à contrôler ta métamorphose ?

Oz se gratta la nuque, l'air gêné.

— Je me suis trouvé dans une situation où j'avais le choix entre mourir ou libérer le loup en moi. Après ça… J'ai beaucoup travaillé.

— Et ça n'était pas la pleine lune ?

— Il n'y avait pas de lune du tout. C'était l'heure du petit déjeuner. Je n'ai jamais pu finir mon pain aux raisins. (Oz sourit.) Tu veux savoir pourquoi je te fais confiance ?

Buffy hocha la tête.

— Nous avons tous changé. Et en apparence, toi aussi. Mais il reste en toi quelque chose de la Buffy d'autrefois, qui me rappelle l'époque où les choses n'avaient pas encore mal tourné… Il faut que j'y aille. Nous avons tous de lourdes responsabilités, ici.

Il s'éloigna.

— Contente de retrouver ta guerre ? lança-t-il en atteignant le pied de l'escalier.

— Oz, attends !

Alors qu'elle s'élançait pour le rattraper, deux hommes d'âge mûr, en costume gris, la croisèrent dans l'escalier sans lui adresser un regard.

— Pourquoi dis-tu que c'est ma guerre ? Tu ne la considères pas comme la tienne ?

— Je reste pour Willow. Même si je ne suis pas sûr qu'elle s'en aperçoive.

Buffy comprit d'où venait la tristesse qu'elle avait lue dans les yeux d'Oz. Quelle que soit sa relation avec Willow, ça n'était plus comme autrefois.

— Et Willow ? Pourquoi reste-t-elle ?

Oz la dévisagea un moment.

— Pour toi, dit-il.


La cafétéria lui rappelait beaucoup celle du lycée.

Après avoir examiné quelques plats impossibles à identifier, Buffy choisit un sandwich au poulet et au parmesan. Le fromage était encore congelé sur le dessus, mais elle était si distraite qu'elle s'en aperçut à peine. Il y avait aussi des frites. Ça au moins, c'était chaud.

Alors qu'elle cherchait un endroit où s'asseoir, Buffy s'avisa que plusieurs personnes l'observaient, détournant la tête dès que leur regard croisait le sien. Deux jeunes hommes chuchotèrent en lui jetant des coups d'œil furtifs.

Elle se crut revenue au lycée de Sunnydale, quand elle avait quinze ans et demi. Quand elle était « la nouvelle », sa réputation l'ayant précédée. « On raconte qu'elle a été virée de son ancienne école, à Los

Angeles, parce qu'elle a mis le feu au gymnase… »
« Elle n'a pas l'air normal. »

Buffy secoua la tête. Après des années d'emprisonnement, même la curiosité malsaine des autres lui semblait préférable à la solitude. Un instant, elle envisagea de s'asseoir à une table occupée pour engager la conversation, mais elle était trop angoissée pour apprécier des bavardages futiles.

Elle s'installa à une petite table libre, au milieu de la pièce. Peu après, alors qu'elle épluchait une orange avec l'espoir que le fruit lui enlèverait le goût de poulet gras qu'elle avait dans la bouche, Alex entra dans la cafétéria. Elle fut contente de voir quelqu'un qu'elle connaissait. Un ami, malgré la mine lugubre dont il semblait ne plus se départir.

Buffy n'arrivait pas à s'habituer à ce nouvel Alex. Il ne ressemblait plus au garçon de seize ans qu'elle avait rencontré en seconde. Toute légèreté s'était envolée de son regard. Autrefois, il avait toujours les cheveux un peu trop longs et en bataille. A présent, il lui en restait deux centimètres, une coupe qui soulignait la sévérité de ses traits et la cicatrice en forme de croissant, sur sa joue.

Alex aperçut Buffy et la rejoignit d'une démarche raide. Mais il ne s'assit pas à sa table, et ça lui fit de la peine. Tout dans son attitude confirmait les soupçons de la Tueuse. Pourtant, elle savait qu'elle ne devait pas le prendre pour elle : quelles que soient les expériences qui l'avaient transformé aussi radicalement, sa réserve n'était pas dirigée contre elle.

Autrefois, Alex se serait approché d'un pas bondissant pour se laisser tomber sur la chaise d'en face avec un grand sourire, comme un chiot avide de satisfaire son maître. Plus maintenant.

— Willow te fait dire qu'il y aura un débriefing dans cinq minutes. Si tu veux y assister…

Buffy avait tant de choses à demander… Alex étant fermé comme une huître, elle y renonça.

— Où ?

— Je vais t'y conduire.

Comme elle ne faisait pas mine de se lever, il finit par s'asseoir en face d'elle.

Buffy avait épluché son orange. Elle la coupa en deux et lui tendit une moitié. Alex examina le fruit gorgé de jus comme si c'était une bombe sur le point d'exploser. Puis il le prit avec une certaine réticence.

— Merci, dit-il en détachant un quartier et en le fourrant dans sa bouche.

Buffy avait peur de sa réaction, mais plus encore de ce qui se passerait si elle ne faisait rien pour briser la glace.

— Tu m'as manqué, Alex, dit-elle, même si ces mots étaient difficiles à prononcer après les années qu'elle venait de passer seule. Vous m'avez tous manqué.

Alex posa sa demi-orange sur la table et se leva.

— Il faut y aller.

— Que t'est-il arrivé ? explosa Buffy, exaspérée.

Alex hésita, puis secoua la tête.

— Une autre fois…

Buffy fut étonnée que la petite salle de réunion soit pleine à craquer. Une vingtaine de personnes étaient debout autour d'une longue table occupée par neuf autres.

Au fond, il restait un siège libre. Elle regarda Alex, qui lui fit un signe de tête. Apparemment, il n'avait pas l'intention de s'asseoir. La Tueuse se demanda comment on gagnait le privilège d'avoir une chaise à cette table.

Willow était assise à une extrémité, vêtue d'un tailleur marron très seyant qui la vieillissait. Plus que jamais, Buffy eut conscience que ce n'était plus l'adolescente qui était jadis sa meilleure amie.

Ignorant le murmure des conversations, elle étudia l'assemblée.

En face du siège libre était assise une femme d'une soixantaine d'années, le chignon sévère et les mains croisées devant elle. Une lueur féroce brillait dans son regard.

Sur sa gauche, elle vit un homme en tenue paramilitaire dont le nez cassé plusieurs fois était aplati sur un côté et tout tordu. Il ressemblait à un boxeur, dont il avait les mains énormes. Buffy n'en avait jamais vu d'aussi monstrueuses.

La personne qui l'étonna le plus était assise à la droite de la femme âgée. Une adolescente asiatique aux cheveux teints en rose retenus par des barrettes. Elle ne devait pas avoir plus de quinze ans.

Elle croisa le regard de Buffy. Un lien indéfinissable s'établit aussitôt entre elles, comme si elles s'étaient reconnues. Même sans cette étrange impression, Buffy l'aurait identifiée sans problème. *La Tueuse. Celle qui remplace August.* Qu'aurait fait une adolescente ordinaire dans ce genre de réunion ?

Face à elle, Buffy aperçut un visage familier. L'homme s'était laissé pousser une barbe soigneusement taillée, et ses tempes commençaient à grisonner, mais elle l'aurait reconnu n'importe où.

— Wesley ? s'exclama-t-elle, surprise de se sentir réconfortée par sa présence.

— Bonjour, Buffy, répondit-il. Si tu t'asseyais, que nous puissions commencer ?

La femme âgée se racla la gorge.

— Ou plutôt conclure, rectifia-t-elle en dévisageant Buffy. Mademoiselle Summers, je suis Ellen Haversham, directrice des opérations du Conseil en Californie.

Elle désigna l'homme au physique de boxeur.

— Christopher Lonergan, chef du personnel et tacticien. Et Anna Kuei, la Tueuse actuelle.

Buffy fronça les sourcils.

— Toutes mes excuses, fit Mme Haversham. Je voulais dire, à part vous.

Buffy eut envie de la frapper.

— Vous connaissez déjà l'Observateur Wesley Wyndam-Pryce et notre sorcière, Mlle Rosenberg.

Willow leva les yeux et sourit. Buffy se sentit soulagée. Il n'y avait peut-être pas autant de tension entre elles qu'elle l'avait cru.

— Bien entendu, reprit Mme Haversham, nous avons beaucoup de questions à vous poser.

— Vraiment ?

— Buffy…, commença Willow.

— Ça tombe bien, parce que moi aussi.

La Tueuse alla ouvrir la fenêtre, à l'autre bout de la pièce.

— Un peu d'air ne nous fera pas de mal. Ça sent le renfermé ici, vous ne trouvez pas ? dit-elle en défiant du regard Mme Haversham.

Puis elle approcha de la chaise libre sans s'y asseoir. Une petite conversation s'imposait, mais sûrement pas devant tous ces gens.

— Je viens de passer cinq ans dans une cellule, dit-elle sans quitter Mme Haversham du regard. Ne me prenez pas pour une ingrate : j'apprécie que vous soyez venus me chercher hier soir. Mais avant que vous m'interrogiez, j'estime avoir droit à quelques réponses.

Mme Haversham se rembrunit. Puis, à la grande surprise de Buffy, elle jeta un coup d'œil à Willow comme pour lui demander la permission. La Tueuse mit quelques instants à remarquer que toutes les personnes présentes observaient Willow. Le véritable pouvoir n'était pas entre les mains de Mme Haversham.

— Alors, Willow ?

— Si c'est ce que tu désires.

— Très bien. Commence par m'expliquer pourquoi personne ne m'a dit que ma mère était morte.

Du coin de l'œil, elle vit Alex porter une main à sa cicatrice. Elle tourna la tête vers lui, mais il soutint son regard sans broncher. Alors, elle revint à Willow.

— Comment l'as-tu su ? demanda son amie.

— J'ai fait un rêve.

— Je vois…

— Pourquoi ne m'as-tu rien dit ? insista Buffy.

Willow baissa les yeux, puis les releva et se redressa légèrement sur sa chaise.

— Parce que nous étions là et que nous n'avons pas réussi à la sauver.

Malgré la fermeté de sa voix, Buffy lut de la douleur et de la tristesse dans le regard de son amie.

L'air était chargé d'émotion, de chagrin et de regret. Mais pas seulement. La culpabilité et le remords de Buffy lui jouaient peut-être des tours, pourtant il lui semblait lire dans les yeux de Willow de la déception et une accusation. *Pourquoi n'étais-tu pas là ?*

— C'était quatre ou cinq semaines après ta capture. Et nous l'avons payé très cher.

— Quel prix, exactement ?

Buffy voyait que cette conversation était pénible pour ses amis, mais elle devait savoir. Trouver un moyen de combler le vide laissé par la nouvelle de la disparition de sa mère… Même si elle doutait qu'une telle chose soit possible.

— La vie de ta mère. La cicatrice d'Alex. Et Anya. Sans Oz, nous y serions tous passés, ce jour-là.

Buffy se souvint des paroles du jeune homme. *Je me suis trouvé dans une situation où j'avais le choix entre mourir ou libérer le loup en moi.*

— Anya…, murmura-t-elle.

Elle leva les yeux vers Alex, qui soutint son regard sans ciller. Quoi qu'il ait vu le jour où sa petite amie était morte, ça avait tué quelque chose en lui.

— Qui ? demanda Buffy d'une voix brisée par l'émotion. Qui les a tués ?

— Spike, répondit Alex. Giles a donné l'ordre, mais c'est Spike qui l'a exécuté.

Deux fois, depuis son évasion, Buffy avait été assez près de Spike pour le tuer, mais elle n'avait pas réussi. Frissonnant, elle serra les poings et se tourna vers Willow.

Il lui sembla que tous les autres occupants de la salle de réunion avaient disparu. Qu'elles étaient seules toutes les deux, en train de chercher en vain un sens à ce que le monde était devenu… Et elles avec.

— Angel ? S'il était toujours vivant, il m'aurait déjà retrouvée. Quand est-il mort ?

— Nous ne sommes pas certains, répondit Willow. Je l'ai appelé le jour de ta capture. Il est arrivé dans la nuit. Puis il est parti à ta recherche, et il n'est jamais revenu. A notre connaissance – d'après Faith et nos espions de Sunnydale –, Giles n'a jamais parlé de lui à personne.

Buffy frémit. *Faith*. Un nom de plus sur la longue liste des gens qu'elle appréciait morts parce qu'elle n'était pas là pour les sauver.

Elle avait encore un millier de questions à poser, mais plus l'énergie nécessaire. Abattue par le chagrin, elle se laissa glisser sur sa chaise et fixa Willow.

— Que se passe-t-il ici ? Le Conseil n'a jamais été aussi militant.

— Parce qu'il n'en avait pas eu besoin, dit Lonergan.

Sa voix brisa l'illusion qu'il s'agissait d'une conversation entre vieilles copines. Buffy aurait préféré être seule avec Willow, mais le Conseil ne s'était jamais soucié de ses sentiments. A présent, Willow en faisait partie. Du moins, elle coopérait avec ses membres.

A contrecœur, Buffy se tourna vers Lonergan.

— Nous n'avions jamais eu à affronter une telle menace. D'habitude, les vampires restent dans leur coin. Mais ceux-là sont différents. Plus puissants, plus organisés. Et Giles les dirige.

— Nous avons obtenu la coopération du gouvernement américain, ajouta Willow. Après que Giles et les Kakchiquels eurent commencé leur conquête de Sunnydale, nous avons découvert que l'armée avait un complexe de recherches sur les monstres, dans le sous-sol de la ville. Toutes les routes mènent à la Bouche de l'Enfer.

— Tu plaisantes ! s'exclama Buffy.

L'expression de Willow la détrompa.

— Les militaires ont dû renoncer à leurs travaux quand les Kakchiquels ont massacré leur équipe scientifique. Ils n'ont pas réussi à obtenir de subventions supplémentaires. Ce qu'il fallait ici, c'était une unité de combat.

« C'est là que le Conseil est intervenu. J'avais contacté Quentin Travers en voyant qu'Angel ne revenait pas. Wesley a débarqué dans la foulée.

« Les autorités fédérales ne souhaitent pas que le pays apprenne ce qui se passe ici. Donc, elles nous aident à financer les opérations du Conseil. Elles nous permettent de nous entraîner avec les forces spéciales, nous fournissent des armes et du matériel, ainsi qu'une liberté juridique dont même la brigade des stupéfiants ne bénéficie pas. Tant que nous les aidons à maintenir l'illusion qu'une grande partie de la Californie du Sud n'est pas devenue une enclave vampirique...

« Evidemment, le gouvernement pourrait faire intervenir un bataillon de Marines, mais il redoute les pertes civiles. Il espère que nous réussirons à nettoyer la région avant que le fléau ne s'étende. Nous disposons encore de deux mois.

Buffy cligna des yeux. Elle ne s'attendait pas à ça.

— Ensuite ?

Willow haussa les épaules et détourna le regard comme elle le faisait si souvent autrefois.

— Un petit arrosage au napalm, je suppose.

— Et les civils ?

— Je sais... Le temps presse. Nous devons agir, et le plus tôt sera le mieux. Pendant ton séjour en territoire ennemi, si tu as appris quoi que ce soit qui peut nous être utile... C'est pour ça que nous tenions tant à t'interroger ce matin.

— Allez-y.

Les questions fusèrent. Buffy raconta tout sur sa captivité et son évasion, ignorant les regards incrédules quand elle révéla les circonstances de la mort d'August. Elle relata son arrivée à Sunnydale, sa conversation avec Parker, la mort d'Harmony et celle de Drusilla, et presque tout ce qui lui était arrivé jusqu'à ce qu'ils viennent la récupérer à la frontière de la zone occupée.

Wesley lui demanda où elle s'était procuré une arbalète. Buffy hésita, mal à l'aise.

— Sur la route de Sunnydale, je me suis arrêtée à l'ancien cinéma en plein air. J'ai cassé une chaise pour me faire des pieux. Quelqu'un m'avait laissé l'arbalète dans la cabine de projection.

— Tu veux dire que quelqu'un avait laissé l'arbalète dans la cabine, corrigea Wesley.

— Non. Elle m'était bien destinée. Il y avait un message : « Pour Buffy ».

Un grand silence s'abattit sur la pièce.

— Il était signé ? demanda Willow.

Buffy secoua la tête... et le débat commença. Qui avait pu laisser l'arme ? Qui savait que Buffy passerait par le cinéma de plein air ? Personne. Donc...

— Quelqu'un vous surveillait, conclut Lonergan. Il vous a vue entrer dans le parking et vous a précédée.

— C'était en pleine journée, et il n'y avait pas beaucoup d'endroits où se dissimuler.

— On ne sait jamais, dit Willow. Tu as vu les combinaisons solaires des vampires. Rien de très seyant, mais elles leur permettent de sortir en plein jour s'ils sont suffisamment motivés.

— Je suis d'accord : quelqu'un me surveillait. Mais s'il s'agissait d'un vampire, pourquoi aurait-il tenté de m'aider ?

Willow fronça les sourcils et baissa les yeux. Plus

personne ne voulait soutenir le regard de Buffy. Quelques murmures coururent dans la pièce.

— Et si c'était Angel ? dit soudain Wesley.

Plusieurs voix s'élevèrent. Certaines pour lancer que c'était ridicule, d'autres pour affirmer que ça tombait sous le sens. *Se peut-il qu'Angel soit encore vivant ?* pensa Buffy.

Avant qu'ils aient pu se mettre d'accord, Lonergan lâcha un juron et bondit sur ses pieds, une main plaquée sur le front. Il heurta la chaise de Mme Haversham et manqua la renverser.

Son nez saignait.

— Quoi ? demanda Willow. Que se passe-t-il, Christopher ?

Lonergan essuya le sang qui lui coulait sur la lèvre supérieure et répondit :

— Un vampire vient de s'introduire dans le complexe.

# CHAPITRE III

*Malédiction !*

Le couvre-lit qu'il avait déniché pour s'envelopper dedans était en feu. Des flammes montaient de trous noircis dans le délicat tissu pastel à motif floral. *De toutes les humiliations que j'ai subies aujourd'hui*, pensa Spike, *et de tous les inconvénients de la condition vampirique, courir dans tous les sens enveloppé d'un couvre-lit à fleurs doit être le pire.*

Les brûlures ne lui donnaient pas non plus envie de hurler de rire.

Spike jeta le couvre-lit à terre, puis le piétina pour étouffer les flammes. Il se palpa prudemment le visage. Ses cils et ses sourcils n'étaient plus que des cendres qui s'effritèrent sous ses doigts. Sa peau craquelée menaçait de se fendre s'il faisait un geste trop brusque, et il n'osait pas toucher ses cheveux.

Des pensées vengeresses bouillonnaient dans sa tête. Personne ne l'avait jamais traité de la sorte. Balancé par la fenêtre comme un vulgaire sac poubelle ! La mort de Drusilla avait laissé un vide en lui, mais la haine et la rage le comblaient à toute allure.

Giles avait une vision. Un rêve. D'ordinaire, Spike préférait ignorer les vampires animés par de grands idéaux de conquête : ils avaient souvent beaucoup d'éloquence, mais peu de bon sens. N'importe quel abruti pouvait délirer sur le bétail humain réduit en esclavage, ou composer des odes au massacre des bébés et des vierges. En général, ça le faisait rire.

Spike avait des plans bien à lui, et par principe, le Grand Méchant Loup refusait de jouer le toutou – ou le chien de chasse – d'un vampire à peine sorti de sa tombe. Mais s'agissant de l'ancien Observateur, Drusilla et lui avaient vraiment cru qu'il réussirait à remodeler le monde.

Et quel univers ça aurait été !

A présent... Spike était de mauvais poil. Et la journée ne faisait pas mine de s'améliorer. Comment pouvait-il avoir l'air féroce planqué sous des œillets et des lys brodés ? Impossible, même pour lui.

Quand Giles l'avait jeté par la fenêtre de son bureau, Spike avait été gravement brûlé. Malgré la protection relative offerte par le couvre-lit, il avait subi encore plus de dégâts dans la rue, pendant qu'il tentait de s'introduire dans le complexe du Conseil. Et pour la discrétion, un couvre-lit à fleurs en feu n'était pas l'accessoire idéal.

Pour couronner le tout, il mourait d'envie d'en griller une – un détail assez ironique en soi –, mais il avait perdu son paquet de cigarettes en route.

*Enfoiré de Giles !*

Dans sa main gauche, il tenait le passe magnétique qu'il avait volé à un garde. Il fut tenté de le jeter, puis se ravisa. Le passe lui avait permis d'entrer dans le bâtiment, et il pourrait peut-être lui servir encore. Spike glissa le rectangle de plastique dans sa poche et regarda à la ronde.

Il avançait dans un grand couloir, à l'arrière du complexe. L'endroit était fonctionnel et stérile, un peu comme un hôpital. D'ailleurs, c'en était peut-être un autrefois. *Une petite visite à l'unité des grands brûlés me ferait du bien.* Spike fit la grimace et le regretta aussitôt en sentant sa peau se craqueler autour de sa bouche. Il jura entre ses dents.

Plusieurs portes aux panneaux vitrés s'alignaient le long du couloir. Il leur jeta un coup d'œil au passage. Derrière, il semblait y avoir des bureaux abandonnés, quelques-uns paraissant encore utilisés. Dans une pièce, des dizaines de cartons blancs étaient empilés jusqu'au plafond. Spike ne s'arrêta pas pour voir ce qu'ils contenaient.

Sur sa gauche, un escalier montait. Il pensa qu'il devait y avoir moins de sentinelles dans les étages supérieurs, et que les quartiers personnels des résidents du complexe étaient sans doute là-haut.

Notamment, ceux de la Tueuse.

A chaque pas, la douleur le faisait frémir. Quand il atteignit le haut des marches, il grognait comme un animal. L'envie de cigarette tournait à l'obsession. Sans doute parce qu'il essayait de se concentrer sur autre chose que sa souffrance. Mais elle ne le dérangeait pas vraiment, l'empêchant de penser à son humiliation.

Il était capable de supporter la douleur aussi bien que de la faire subir à d'autres. Drusilla et lui en avaient fait un de leurs jeux favoris. La douleur était une vieille amie à lui. Une amie très chère. Chaque fois qu'il frémissait et serrait les dents, il se souvenait des occasions où c'était lui qui l'avait infligée. Ainsi, il réussissait à la supporter.

L'humiliation, en revanche… Personne n'avait le droit de le traiter comme ça et de survivre.

Arrivé à l'étage du dessus, il se plaqua contre le

mur intérieur pour éviter la lumière qui pénétrait à flots par de grandes fenêtres. Il devait trouver quelqu'un à torturer pour lui extorquer des informations. *Ça ne devrait pas être trop difficile.* Cet endroit puait les humains.

Comme s'il les avait invoquées, Spike entendit des voix devant lui, de l'autre côté d'une double porte qui menait à une autre partie du complexe.

Il ouvrit la porte à la volée.

Quatre couloirs débouchaient sur un atrium en forme de diamant qui formait une sorte de puits sur toute la hauteur du complexe. Plusieurs étages au-dessus, une immense verrière permettait aux rayons du soleil d'inonder la pièce. Un balcon courait autour du premier étage, sauf en face de Spike, où un escalier montait du rez-de-chaussée.

L'atrium était bondé. Une vingtaine d'agents du Conseil pointaient sur lui des armes à feu, des arbalètes et des lance-flammes. Mais le vampire s'inquiéta surtout du petit groupe debout au sommet des marches.

La sorcière, Willow Rosenberg. Alex Harris, le débile qui avait une chance surnaturelle, au point que Spike le croyait presque immortel. L'Observateur un temps associé d'Angel, Wesley Quelque Chose. Une adolescente asiatique, sans doute la dernière Tueuse en date…

Et bien entendu, la véritable Tueuse. Buffy Summers.

— Comme on se retrouve, lâcha Spike. La bande au grand complet est venue m'accueillir. Ça réchauffe le cœur.

Sans oublier Christopher Lonergan, qui avait encore du sang sous le nez.

Spike passa une main dans ses cheveux calcinés.

— Salut, Chris. Je ne savais pas que tu traînais dans le coin.

— Je m'en doute. Sinon, tu n'aurais jamais essayé de t'introduire ici.

— Tu as une cigarette pour moi ?

La sorcière fit un pas vers lui. Le soleil se reflétait sur ses cheveux roux. Spike se dandina, mal à l'aise. Il était encore dans l'ombre du couloir, mais si ses ennemis l'entraînaient dans l'atrium… Il avait assez bronzé pour toute l'année.

— Que fais-tu ici, Spike ? cria Willow. Tu viens de loin pour te suicider !

Spike haussa les épaules.

— Vous pouvez me tuer… Mais si vous voulez mon avis, vous devriez vous soucier d'un plus gros gibier. Vous avez vingt longueurs de retard sur Giles, les enfants. Ses agents sont en place dans tout l'Etat. Il s'emparera bientôt de Los Angeles.

— Pourquoi nous racontes-tu ça ? demanda Willow.

Spike plissa les yeux malgré sa peau craquelée et étudia Buffy. Elle n'avait pas ouvert la bouche, mais le fixait avec une telle férocité qu'il se demanda si c'était vraiment une bonne idée de se jeter dans la gueule du loup.

— Je me suis pris la tête avec Giles, avoua-t-il. Il a de grands projets, mais qui ne me concernent pas. J'ai décidé de mettre les voiles pour gagner de plus rouges pâturages. Avant de partir, je me suis dit que vous pourriez peut-être faire le sale boulot à ma place. Dans notre intérêt commun, bien évidemment.

Personne ne parla. Personne ne bougea. Les agents retenaient leur souffle. La jeune Asiatique semblait un peu nerveuse. Spike lui fit un sourire amical. En retour, il reçut un rictus haineux. Mais pas autant que l'expression de Buffy.

— D'accord, d'accord, soupira-t-il. C'était une bêtise. Mais profitez-en au moins pour aller faire un dernier tour à Disneyland avant qu'il ne pousse des crocs à la souris.

Il agita la main en guise d'au revoir.

Alex rompit les rangs et bondit sur lui. Willow cria quelque chose, mais les autres n'esquissèrent pas un geste.

Spike sourit en se tournant vers son agresseur. Mais il était encore mal remis de ses blessures. Alex le saisit à la gorge et lui cogna la tête contre le mur. Quand Spike lui flanqua un coup de poing, le jeune homme recommença l'opération.

Spike tenta de se dégager. Alex lui flanqua une manchette qui lui fit exploser le nez et la pommette. Un autre coup, et encore un. Le vampire sentit son énergie l'abandonner. Il s'écroula en fermant les yeux.

Quand il les rouvrit, Alex brandissait un pieu sous son nez.

— Ça, c'est pour Anya, espèce de…

Buffy saisit le poignet du jeune homme avant que la pointe du pieu ne plonge dans le cœur de Spike.

Fou de rage, Alex se tourna vers elle.

— Qu'est-ce qui te prend ?

Spike trouvait Buffy de plus en plus fascinante. Il n'avait pas eu le temps de bien la regarder lors de leurs derniers affrontements. Voilà des années qu'il n'avait pas eu le loisir de la dévisager ! Son visage amaigri et durci lui donnait l'air plus dangereux. Ou peut-être était-ce seulement à cause de ses yeux.

— Tu veux gagner cette guerre ? dit-elle à Alex. Nous avons besoin des informations qu'il détient.

— Bien parlé, roucoula Spike, étendu sur le sol. (Il se rassit en grimaçant de douleur.) Je savais que je pouvais compter sur toi pour tirer parti de la situation. Ça ne sera pas la première fois qu'on s'allie, toi et moi. Entre deux maux, il faut savoir choisir le moindre.

D'un mouvement si vif qu'il ne le vit pas venir, Buffy lui expédia un coup de pied qui lui fit éclater l'arcade sourcilière et le projeta de nouveau sur le sol. Il voulut s'éloigner en rampant, mais elle se rapprocha et le frappa à la cage thoracique, lui cassant plusieurs côtes.

Spike voulut riposter. Quand il tendit un bras vers Buffy, elle lui brisa le poignet. Puis elle le saisit sous le menton et, grâce à sa force prodigieuse d'Elue, le souleva de terre, le porta jusqu'au bord du balcon et le poussa sous la lumière du soleil.

Spike hurla de douleur quand sa peau se couvrit de cloques.

Ainsi, il existait pire sort que de se promener enveloppé d'un couvre-lit à fleurs. Peut-être n'avait-il pas exploré l'univers de la douleur aussi bien qu'il le croyait.

— Arrête ! croassa-t-il.

Buffy le jeta dans l'ombre de la porte. Elle s'avança à grands pas pour le défier du regard.

— Ma mère, lâcha-t-elle.

— Ah, tu es au courant ? J'exécutais les ordres. Giles avait beaucoup insisté là-dessus.

Buffy l'ignora et se tourna vers Alex.

— Nous allons l'interroger. Après, peu m'importe ce que tu feras de lui.

Par la fenêtre de son bureau, Willow observait un trio de goélands qui décrivaient des cercles paresseux dans le ciel. L'océan était à cinquante kilomètres, et elle s'étonnait toujours de voir des oiseaux marins à l'intérieur des terres. Quelque chose les avait attirés ici, ou s'étaient-ils seulement laissé distraire par leurs jeux aériens, dérivant sans s'en rendre compte ? Elle enviait leur liberté.

Quelqu'un frappa à la porte.

Avec ses plantes en pots et les tableaux accrochés aux murs, le bureau de Willow était la seule pièce de tout le complexe qui eût un tant soit peu de chaleur. C'était son sanctuaire, l'endroit où elle se réfugiait pour réfléchir. Elle évitait autant que possible d'y avoir des conversations pénibles. Mais cette fois, il lui semblait devoir en faire bénéficier les autres.

— Entrez.

La porte s'ouvrit. Wesley passa sa tête par l'entre-bâillement.

— Désolé, nous sommes un peu en avance.

— Ça ne fait rien, assura Willow.

Il sourit et ouvrit la porte en grand. Anna Kuei se tenait derrière lui dans le couloir. Il fit signe à la nouvelle Tueuse de passer devant lui. Les deux visiteurs s'installèrent dans les fauteuils de cuir.

— Anna, dit gentiment Willow, je suis navrée que le débriefing de ce matin ait été pénible pour toi.

L'adolescente sourit. Malgré son apparence de rebelle, Willow savait qu'elle était encore très innocente.

— Ce n'est pas grave, mademoiselle Rosenberg, chuchota-t-elle.

— Willow. Tu es la Tueuse à présent. Appelle-moi Willow.

— Willow. C'est juste que…

Comme elle ne trouvait pas ses mots, Wesley vint à son secours.

— Anna avait quelques questions à te poser au sujet de… la future dynamique des efforts du Conseil, maintenant que Buffy est revenue.

Willow fronça les sourcils.

— Je t'écoute, Anna.

L'adolescente se mordit la lèvre.

— Je sais bien que c'est la Tueuse Perdue et que tout le monde ne parle que d'elle, mais… elle ne ressemble pas du tout à Faith.

Pendant les mois qu'Anna avait passés à s'entraîner au complexe avec d'autres Elues potentielles, Faith consacrait une journée à leur entraînement à chacune de ses visites.

— Non, dit-elle. Elle ne ressemble pas du tout à Faith.

— Sans blague ! Je veux dire, Faith était hyper-disciplinée et concentrée sur sa mission, alors que la Tueuse Perdue…

— Buffy, corrigea Wesley tout bas.

— … Buffy a perdu la boule, continua Anna. Tout le monde se fiche qu'elle torture Spike. Il l'a largement mérité. Mais ça n'est pas tout. Pendant la réunion, quand elle a parlé de la mort d'August…

Ses yeux se remplirent de larmes. Elle les essuya d'un revers de la main.

Anna et August étaient devenues proches lors de leur entraînement, avant que la mort de Faith ne fasse d'August la nouvelle Tueuse.

— Elle a tué mon amie ! cria Anna. Je sais que

c'est censé être la faute d'August, mais elle n'est plus là pour se défendre.

Sans quitter Willow du regard, Wesley posa une main sur celle d'Anna pour la réconforter.

— Elle ne sait pas à quel point tu es liée à Buffy, expliqua-t-il.

— Ça ne fait rien, assura Willow. Je comprends ce que tu ressens, Anna. Vraiment. Au lycée, Buffy était ma meilleure amie. Je suppose qu'elle l'est toujours. Mais il va nous falloir du temps à tous pour nous habituer. Je n'ai aucun moyen de savoir ce que lui a fait son séjour en prison. Mais je peux te dire une chose : la Buffy Summers que je connaissais n'aurait jamais tué un humain, et encore moins une autre Elue. Je suis persuadée que c'était un accident.

« Tu sais aussi bien que moi qu'August subissait une pression énorme du fait de son statut d'Elue. Il se peut qu'elle ait craqué comme Buffy le décrit.

— D'accord, concéda Anna en faisant la moue. Mais j'espère que personne ne veut que je devienne son amie.

— Non, répondit Willow. Mais elle fait partie de l'équipe. Et elle pourrait t'apprendre beaucoup de choses.

Anna ouvrit la bouche pour protester et la referma aussitôt. Willow devina qu'une douzaine de reparties sarcastiques devaient lui brûler les lèvres.

— L'équipe tournait très bien sans elle. Si elle est là, pourquoi avez-vous encore besoin de moi ? Et pourquoi se comporte-t-elle comme un chef ? C'est vous qui commandez. Je ne comprends pas…

— C'est Mme Haversham la directrice des opérations, l'interrompit Willow, un peu gênée.

— Vous savez que c'est vous le chef, répliqua Anna. Mme Haversham fait semblant pendant les réunions, c'est tout. Même Lonergan s'en remet à vous. Mais à entendre Buffy, on dirait que tout le monde devrait lui obéir au doigt et à l'œil !

Wesley se gratta la barbe et s'agita dans son siège.

— Sa présence semble avoir modifié l'équilibre du pouvoir, admit-il. Elle pourrait provoquer une grande confusion. A ce stade des opérations, ça risque d'être catastrophique. Les paramètres de la mission définissent clairement qu'Anna et moi devons commander l'unité principale lors de l'assaut sur Sunnydale. Pourquoi ai-je le sentiment que l'arrivée de Buffy bouleversera la donne ?

« Willow, j'avoue que je m'inquiète. J'ai peu connu Buffy, et à l'époque, il était difficile de dire quelle partie de sa réussite elle devait au talent de Giles. Mais elle ne m'a jamais laissé la *diriger*. Elaborer des stratégies complexes n'est pas son fort. Elle influence les autres grâce à son tempérament passionné. Des qualités très enviables, mais un bon chef doit également être capable de prévoir des solutions de rechange, d'envisager toutes les possibilités et de replacer les choses dans leur contexte. Il lui faut de la logique, de l'intuition et une intelligence supérieure à celle de ses ennemis.

« Tu es bien plus jeune que moi, Willow, mais je n'ai jamais douté de tes capacités de commandement. Si les gens qui ont été envoyés ici pour diriger cette base te considèrent comme leur chef, il y a une bonne raison. Tu ne donnes pas les ordres, mais c'est toi qui prends les décisions.

« Ce serait une insulte que de confier ta position à Buffy. A mon humble avis, ça risquerait aussi de tout compromettre. Buffy est une formidable guerrière. Pas une tête pensante.

Wesley se tut. Puis il prit une profonde inspiration et expira lentement en se renfonçant dans son fauteuil.

Willow posa les coudes sur le bureau et appuya son menton sur ses mains croisées pour étudier ses deux interlocuteurs. La réaction émotionnelle d'Anna aux révélations de Buffy – à sa présence même – était compréhensible et sincère. Celle de Wesley, en revanche…

— Tu t'inquiètes parce que Buffy risque de compromettre mon autorité, ou parce qu'elle risque de miner la tienne ? demanda Willow.

Wesley assura que de telles considérations n'entraient pas en ligne de compte, mais refusa de croiser son regard. Willow avait toujours lu en lui comme dans un livre ouvert.

— Tu as été son Observateur, même si ça n'a pas duré longtemps. Honnêtement, j'ignore de quelle façon ses années de captivité ont affecté Buffy. Et j'ai l'intention de le découvrir.

La jeune femme hésita un instant, ne sachant pas si elle pouvait se confier à eux. Ces derniers temps, elle avait du mal à lâcher la bonde devant quiconque.

Contente de retrouver Buffy, elle avait baissé sa garde, comme si cinq ans ne s'étaient pas écoulés depuis leur dernière rencontre. Mais elle n'avait pas mis longtemps à activer de nouveau ses défenses. Si elle avait très envie de renouer des liens avec sa meilleure amie, elle ne pouvait pas laisser ses désirs prendre le pas sur ses responsabilités. Trop de choses étaient en jeu.

Elle décida que révéler ses craintes à Wesley et à Anna ne prêterait guère à conséquence.

— Je connaissais très bien Giles du temps où il était humain. Toi aussi, Wesley, mais tu préfères te comporter comme s'il n'était pas si intelligent que ça.

« J'ai une confession à vous faire. J'ai toujours pensé qu'un jour, le gouvernement des Etats-Unis serait forcé de déclarer la guerre à la Californie du Sud. Et si Spike a dit la vérité au sujet de Los Angeles… j'aurai davantage raison que je ne le souhaiterais.

Les yeux d'Anna brillaient de frayeur. Elle secoua la tête, refusant d'admettre la vérité. Wesley se racla la gorge mais ne dit rien.

— Si Buffy est vraiment de retour – et si elle n'a pas fondu un fusible après toutes ces années d'emprisonnement –, elle est notre meilleur espoir d'arrêter Giles avant que nous ayons atteint le point de non-retour. Je ne connais pas la Buffy d'aujourd'hui. Mais la Buffy d'il y a cinq ans, mon amie… Si quelqu'un est capable de saboter les plans de Giles, c'est bien elle. Et si ça nous oblige à revoir la distribution des rôles, ce n'est pas moi qui protesterai.

Dès qu'Alex eut ouvert la porte blindée, Buffy sentit une odeur de chair brûlée. Son estomac se révulsa, et ses narines frémirent de dégoût. Elle respira par la bouche.

Au crépuscule, Willow et Alex étaient venus la chercher dans ses quartiers et l'avaient accompagnée à la cafétéria pour le dîner. Elle aurait aimé retrouver l'intimité qu'ils partageaient autrefois, mais la tension était presque palpable, et ils n'avaient parlé que de la guerre en cours. Après le repas, Alex les avait précédées dans le sous-sol du complexe, où se trouvait la prison.

La porte d'une cellule était bosselée ; derrière, Buffy entendit une créature monstrueuse grogner. Elle regarda Willow, mais son amie ne semblait pas avoir remarqué. Buffy préféra ne pas poser de questions.

A présent, ils étaient devant la cellule où Spike avait été jeté un peu plus tôt.

Pendant qu'Alex poussait la porte et appuyait sur l'interrupteur, Spike s'accroupit dans un coin de la pièce. Ses brûlures avaient commencé à guérir, et ses cheveux à repousser. Mais sa peau était encore rose vif aux endroits où elle était partie en lambeaux.

Son visage se transforma instantanément : les plis de son front s'épaissirent, ses crocs s'allongèrent, et il grogna en voyant Alex approcher de lui.

— Tu as profité de ma faiblesse tout à l'heure, mon garçon. Mais je me sens mieux. Tu n'aurais pas dû me laisser seul tout ce temps.

Alex eut un rictus tellement sinistre que Buffy frissonna. Puis il tira un pistolet en plastique de sa ceinture, visa Spike et l'aspergea d'eau bénite.

La peau de Spike grésilla. Il cria et se couvrit les yeux. Alex noua ses deux mains sur la crosse du jouet et les abattit sur la tempe de Spike. Le vampire s'écroula en se tenant les côtes, à l'endroit où Buffy l'avait frappé un peu plus tôt. Alex s'accroupit devant lui et lui braqua le canon du pistolet à eau sur le visage.

— J'ai toujours détesté que tu m'appelles « mon garçon ». Tu veux savoir pourquoi on t'a laissé récupérer ? Parce que tu étais en si mauvais état que la torture n'aurait rien donné. Mais ton heure a sonné.

Si le vampire leva le menton, son rictus de défi ne gagna pas ses yeux. La pièce semblait tout à coup plus petite, l'atmosphère oppressante et cruelle. La créature qu'ils avaient capturée était vicieuse et sauvage, mais leur façon de la traiter n'avait rien d'honorable.

— Avant, tu avais le sens de l'humour, dit Spike. Il n'était pas terrible, mais au moins, tu en avais un. Alors que ce gag de l'eau bénite... Ce n'est pas drôle du tout !

— Moi, je trouve que si, grogna Alex en lui projetant de l'eau bénite dans les cheveux.

Le crâne de Spike fumait. Il se flanqua de grandes claques sur la tête.

Les deux âmes qui coexistaient en Buffy éprouvaient des sentiments contradictoires. Le traitement qu'Alex infligeait à Spike ne posait aucun problème à la Buffy plus âgée, qui avait subi cinq années d'emprisonnement et de passages à tabac. Mais celle de dix-neuf ans était écœurée. Pour elle, quelques semaines étaient passées depuis une époque où les choses étaient beaucoup plus simples et plus saines.

— Si ça te gêne, tu peux sortir, lui dit Willow.

Buffy frémit. Si Willow avait développé ses pouvoirs magiques, elle était peut-être capable de lire dans les pensées d'autrui...

— Ça va, répliqua-t-elle, sur la défensive.

— Tu n'as pas l'air très à l'aise, insista Willow, soucieuse.

— Ce n'est pas à cause de ça. On en parlera plus tard, d'accord ?

— D'accord.

— Vous avez terminé ? cria Alex. On peut s'y mettre ?

Buffy plissa les yeux.

— Pourquoi pas ?

— Faites de votre pire, grogna Spike. J'étais prêt à vous raconter tout ce que vous voudriez savoir avant de ficher le camp. Maintenant, je ne vous dirai rien.

Willow secoua la tête et émit un claquement de langue réprobateur, comme la prof intérimaire qu'elle était autrefois.

— Tu ne pensais pas que nous te laisserions partir ?

— Vous l'avez déjà fait une fois. (Il désigna Buffy.) La Tueuse et moi, on avait conclu un marché, pas vrai ? A l'époque, elle n'était pas au-dessus de ça.

— J'avais le choix entre te tuer ou empêcher l'Apocalypse, lui rappela Buffy. Une décision difficile, mais j'ai toujours pensé que j'aurais une autre occasion de te mettre la main dessus.

— Et nous y voilà ! ajouta Willow sans le moindre humour.

Buffy fut soulagée de voir qu'elle ne tirait aucun plaisir de cette situation.

Spike lutta pour se relever.

— Allez tous vous faire voir, grogna-t-il. Je suis prêt.

Alex leva de nouveau son pistolet à eau, mais Buffy en avait assez vu. Elle sortit de sa poche un des pieux que Willow lui avait donnés, bouscula Alex et saisit Spike à la gorge pour la seconde fois de la journée.

Le vampire ne prit pas la peine de se défendre.

— Que comptes-tu faire, Tueuse ?

Buffy le plaqua contre le mur et lui planta le pieu au milieu de la poitrine, puis descendit lentement en lui brisant toutes les côtes au passage. Spike rugit de douleur mais n'explosa pas, car elle avait délibérément évité son cœur.

Dix centimètres de pieu émergeaient du torse de Spike. Du plat de la main, Buffy enfonça le bout de bois pour lui faire traverser le corps du vampire et le clouer au mur. Puis elle se dressa sur la pointe des pieds et approcha son visage de celui du prisonnier.

— Tu te souviens d'avoir tué ma mère ? Alex ne fait pas semblant, Spike. Willow non plus. Les choses ont changé. Tu ferais mieux de l'admettre.

Par-dessus son épaule, elle regarda ses amis.

— Il est à vous. Faites-lui ce qu'il faudra pour lui arracher des informations, et ne le laissez pas mourir avant…

Elle se détourna, traversa la pièce et alla s'adosser au mur d'en face, les bras croisés.

Alex et Willow firent un pas en direction de Spike.

— D'accord ! s'exclama-t-il. D'accord, je vais parler !

Pendant des heures, ils l'interrogèrent au sujet des activités de Giles à Sunnydale et dans le reste de la région. Evidemment, le Conseil avait des espions. Des humains qui se faisaient passer pour des adorateurs des Kakchiquels. Ils leur avaient fourni pas mal d'informations au sujet des nids établis par les fidèles de Giles, et Spike les confirma.

Le Conseil savait une grande partie de ce qu'il avait à leur dire. Mais il leur révéla aussi que Giles avait transformé une bonne partie des policiers de Los Angeles et des cadres de l'industrie du cinéma, plus le maire de la ville. Son plan d'infiltration était si ingénieux que Los Angeles tomberait sous le règne des Kakchiquels dans quelques mois, voire quelques semaines. Et ça n'était que le commencement.

Buffy frissonna. Giles avait la sagesse et la patience nécessaires pour réaliser ses ambitions. A moins que quelqu'un ne l'arrête, il prendrait le contrôle de la Californie, et étendrait son influence à tous les Etats-Unis.

La Tueuse savait que le gouvernement fédéral était prêt à lancer un assaut en dernier recours. Mais les pertes civiles seraient monstrueuses, et rien ne garantissait que Giles serait détruit. Et elle craignait que le gouvernement ne se soucie trop de l'opinion publique et ne se ravise au dernier moment.

Si Spike ne mentait pas, le Conseil devait agir rapidement.

Il était plus de dix heures du soir quand ils en eurent terminé avec lui. Le vampire était toujours cloué au mur.

Buffy s'étira. Elle se sentait raide d'être restée immobile si longtemps. Ses amis l'observaient sans bouger. Elle fit un signe du menton.

Alex ne sourit pas. Il prit un pieu dans le fourreau fixé à sa ceinture et approcha de Spike, qui ricana comme s'il le soupçonnait de bluffer.

Buffy s'attendait à éprouver une vague mélancolie. Mais malgré son charisme, et toutes les occasions où il s'était comporté en allié, Spike était un vampire. Il avait tué Joyce, Anya, et sans doute des milliers d'autres gens.

La soirée ne pouvait avoir qu'une fin.

— Ça, c'est pour Anya, dit Alex.

Il plongea le pieu dans le cœur de Spike. Le vampire écarquilla les yeux et grogna.

— Espèce de sa…

Puis il explosa.

Ils convinrent de regagner leurs quartiers pour prendre une douche, puis de se retrouver en salle de réunion, une demi-heure plus tard.

Quand Buffy entra dans sa chambre, Giles l'y attendait.

# CHAPITRE IV

Buffy poussa la porte de sa chambre.

A l'intérieur, il faisait sombre, et elle devina aussitôt qu'un ennemi était tapi dans le noir. Elle avança, tendit la main vers l'interrupteur et hésita.

Quelque chose remua. Le clair de lune qui filtrait par la fenêtre éclaira une silhouette masculine.

— Ferme la porte, chuchota une voix si familière que Buffy en eut le souffle coupé.

— Pourquoi ferais-je ça ?

— Pour que nous puissions parler. Il est grand temps, tu ne crois pas ?

La silhouette ne fit aucun effort pour rester dans l'ombre. Elle s'écarta du mur où elle était adossée et alla s'accouder au rebord de la fenêtre ouverte.

Rupert Giles n'avait pas changé. Ses cheveux bruns grisonnaient toujours. Il portait un pantalon beige et un pull à col en V couleur rouille dont il avait relevé les manches. Il ressemblait en tout point à l'homme qu'elle avait abandonné cinq ans plus tôt entre les griffes de Camazotz.

A un détail près : il ne portait plus de lunettes.

Buffy se sentait responsable depuis que Willow lui avait révélé la transformation de son ancien Observateur. Pourtant, en s'enfuyant devant le dieu des chauves-souris, elle avait appliqué à la lettre les enseignements qu'il lui avait dispensés.

Et elle avait sous les yeux le résultat de son erreur. Pas seulement le monstre que Giles était aujourd'hui, mais le cauchemar qu'était devenu leur monde d'autrefois.

— Allons, Buffy, s'impatienta-t-il. Loin de moi l'idée de t'empêcher de t'inquiéter, mais si tu voulais bien te concentrer une minute… Tu pourrais fermer la porte, histoire que nous ayons une conversation civilisée sans être interrompus ?

Buffy avait la gorge sèche et les mains moites. Elle déglutit. *Ce n'est pas Giles. Pas plus qu'Angélus n'était Angel. C'est un parasite, une créature qui vit à l'intérieur de son cadavre, qui le fait parler et marcher comme une marionnette.*

Il ne fallait pas qu'elle l'oublie. Le vampire lui-même se prenait pour Giles. Il avait ses souvenirs et sa personnalité, mais ça n'était pas lui.

— Très bien, dit-elle en clignant des yeux, comme si elle s'arrachait à un rêve. Parlons.

Elle fit un pas en avant et ferma la porte derrière elle, plongeant la pièce dans des ténèbres où seuls brillaient les yeux du vampire : deux flammes orange pareilles à des étoiles dans un ciel nocturne.

Puis elle appuya sur l'interrupteur.

Giles eut un sourire contrit.

— C'est déjà mieux. Même si ça enlève une part de mystère.

Buffy glissa une main dans la poche kangourou de son sweat-shirt et en sortit un pieu. Elle le soupesa en fléchissant les doigts.

— Donnez-moi une seule raison de ne pas vous

tuer tout de suite. Comme ça, tous nos problèmes seraient réglés.

Giles la dévisagea. Son regard s'attarda sur elle un instant de trop avant qu'il ne cligne des yeux, l'air ébahi.

— Pardon ?

Buffy frémit. *Ce n'est pas lui*, se répéta-t-elle. Mais cette distraction chronique faisait tellement partie de l'ancien Giles qu'elle se sentait de plus en plus mal à l'aise.

Elle envisagea la possibilité qu'il ait choisi de réagir ainsi pour semer la confusion dans son esprit. Qu'il ait fait semblant. Mais ça avait eu l'air si spontané, si naturel…

Depuis que Merrick, son premier Observateur, lui avait révélé l'existence des vampires, Buffy les considérait comme des squatters mentaux qui s'installaient dans des corps abandonnés par leur propriétaire originel. Elle devait le croire pour accomplir sa mission, et les pulvériser sans aucun remords.

Mais cette créature… D'une certaine façon – non, de toutes les façons qui comptaient, celles qui faisaient mal –, ce monstre était toujours Giles. Pas l'homme qu'elle avait connu, pas son Observateur… Mais Giles quand même.

Comme s'il savait ce qu'elle éprouvait, l'expression de Giles s'adoucit. On eût dit qu'il voulait la prendre dans ses bras pour la réconforter, mais qu'il ne savait pas comment s'y prendre. Il avait toujours été maladroit devant les émotions des autres.

Cette expression était un mensonge. Une insulte à tout ce que Giles avait autrefois signifié pour Buffy. Ce raisonnement dissipa les doutes et les hésitations de la jeune femme. Levant son pieu, elle bondit vers lui.

Le vampire esquiva avec une telle rapidité qu'il sembla se dématérialiser pour se reconstituer un peu plus loin. Buffy lui flanqua un coup de poing, puis pivota pour lui lancer un coup de pied tournant d'une telle force qu'il aurait dû le décapiter…

Mais aucune attaque n'atteignit sa cible.

Giles ne sourit pas. Il ne se moqua pas d'elle et ne la provoqua pas.

Mais il la frappa si fort qu'elle fit un tour sur elle-même et s'écroula. Prenant appui sur les mains, elle tenta de lui faucher les jambes. Mais il recula d'un bond gracieux.

Buffy se releva et lui sauta dessus. Aucun de ses coups ne faisait mouche. Ça n'était pas réellement le but. Elle avait réussi à museler ses émotions et analysait leur combat d'un point de vue logique, comme une partie d'échecs. Ses attaques étaient une feinte pour pousser Giles à riposter.

Quand il lui décocha un coup de poing, la jeune femme était prête. Elle fit un pas sur le côté, lui saisit le poignet gauche et se jeta entre ses bras comme pour danser une valse macabre. Serrant le pieu contre elle, elle frappa en visant le cœur.

Giles bloqua l'arme de sa main droite ouverte. La pointe de bois lui transperça la paume et ressortit de l'autre côté. Buffy dégagea le pieu et voulut frapper de nouveau, mais il se dégagea.

— Bien joué ! Je suis fier de toi. Et ravi de voir que j'ai eu raison de venir.

Buffy se ramassa sur elle-même, prête à repasser à

l'offensive. Elle refusait de se laisser distraire par ses belles paroles. Mais Giles fit un geste vers le lit.

— Je t'ai apporté un cadeau.

Il traversa la pièce et saisit une épée que Buffy n'avait pas remarquée. Sa poignée était en acier et en cuir, pas très sophistiquée mais néanmoins élégante. Quand Giles la sortit de son fourreau de cuir noir, Buffy vit que la lame était couverte de runes sur toute sa longueur. Ce n'était pas n'importe quelle épée, mais celle qui lui avait jadis servi à tuer Angel !

Giles la fit tourner dans sa main.

— C'est pour toi, chuchota-t-il.

— Je ne veux rien de vous !

— J'insiste.

— D'accord, donnez-la-moi. C'est ce qu'il me faut pour vous trancher la tête.

— Je me doutais que tu dirais ça.

Toute trace de l'ancien Giles disparut, comme si le mal tapi en lui venait de prendre le contrôle pour observer la jeune femme de ses propres yeux.

— Tu réussiras peut-être à me tuer, Buffy… Mais ça ne sera pas facile. Crois-tu que seule ma rapidité m'ait sauvé jusque-là ? Non. Tu es presque aussi rapide que moi, sinon davantage. Mais c'est moi qui t'ai entraînée ! Je lis dans ton esprit. Je suis le seul père que tu aies jamais eu, le seul qui se soit réellement soucié de toi. Je prévois tous tes mouvements… Mais si tu désires vraiment me tuer, tu y arriveras peut-être.

Soudain, Buffy eut l'impression qu'il faisait trop chaud dans la pièce. Le souffle d'air qui agitait les rideaux était humide et oppressant. Elle sentit sa gorge se serrer, le sang lui battre aux tempes et son cœur cogner trop fort dans sa poitrine. La haine et le désespoir se mêlaient en elle.

— Qu'est-ce qui vous fait croire que je ne le désire pas vraiment ?

Giles sourit.

— Je t'ai forgée de la même façon que cette épée l'a été, Buffy. Ta place est à côté de moi, comme la sienne est à ta ceinture. J'étais curieux de voir comment tu évoluerais privée de contacts humains pendant si longtemps. Quand tu es parvenue à t'échapper, je t'ai observée. Puis je t'ai aidée autant que possible. Je devais m'assurer par moi-même que la lame que j'avais fabriquée conservait son tranchant. Et c'est le cas.

— L'arbalète ! C'est vous qui me l'avez laissée…

— Evidemment ! Il n'aurait pas été très sportif de ne pas te laisser une chance. Maintenant, tu dois faire ton choix. Désormais, je suis une créature hors du temps. Les années n'ont plus de prise sur moi. Je peux me permettre d'être patient, d'étendre mon influence aussi lentement et discrètement que nécessaire. Jusqu'à ce que les humains du monde entier se réveillent et constatent que leur vie ne leur appartient plus.

« Tu devrais être avec moi, Buffy. Tu n'es pas ma fille, mais tu le deviendras si tu acceptes ton destin. N'entends-tu pas la voix qui t'appelle ?

La main de Buffy blanchit sur le pieu.

— Oh si, je l'entends. Elle dit que vous devriez regarder votre montre, parce que votre heure a sonné.

Sans quitter l'épée des yeux, elle avança prudemment vers Giles.

— Je vois, dit-il, une lueur de malice dans le

regard. Peut-être te faut-il un peu de temps pour y réfléchir.

Il arma son bras et lança l'épée vers Buffy comme un javelot. Elle fit un pas sur le côté et rattrapa l'arme au vol de la main gauche. Puis elle fit face à son adversaire.

Mais Giles avait disparu.

Une rafale de vent souleva les rideaux. Par la fenêtre ouverte, Buffy ne distinguait que les étoiles et la pelouse du complexe. Elle se pencha. Comment Giles était-il arrivé jusque-là ? Il n'avait pas pu grimper : c'était beaucoup trop haut, et le mur n'offrait aucune prise.

Elle leva les yeux et comprit. Il avait dû passer par le toit et se suspendre à la gouttière pour se laisser tomber par la fenêtre.

Mais il ne restait aucune trace de lui…

Puis Buffy remarqua une masse sombre au pied du bâtiment. Le clair de lune n'était pas assez brillant pour lui permettre de voir ce que c'était.

Son regard tomba sur une deuxième masse identique. Et une troisième, juste à l'angle.

Des agents du Conseil. Des sentinelles.

Des cadavres.

Buffy trouvait la scène incongrue… presque surréaliste. Pourtant, le loup-garou était bien en train de suivre la piste de Giles.

Sous le regard d'une vingtaine de personnes, Oz était allé jusqu'au pied du bâtiment, à l'aplomb de la chambre de Buffy. Il avait levé le nez et humé l'air, puis jeté un coup d'œil d'avertissement à Willow.

— Maintiens-les à distance !

Alors, il s'était transformé.

Buffy avait déjà assisté à la métamorphose d'Oz un soir de pleine lune. Cette fois, c'était différent. Ça semblait encore plus douloureux, ce qui n'était pas peu dire. Son corps se tordit ; son squelette se reconfigura alors que de la fourrure le recouvrait. Son dos s'arqua et il grogna.

Une fois sous sa forme de loup-garou, il avait grondé en découvrant les dents, les agents du Conseil reculant sans demander leur reste. Puis il s'était lancé sur la piste de Giles.

Buffy se demanda comment le loup-garou pouvait sentir autre chose que sa propre odeur musquée. Mais il semblait savoir où il allait.

Quand il atteignit une des sentinelles mortes, il la poussa du museau, renifla ses vêtements et étudia un bouquet d'arbres de l'autre côté de la pelouse. Il partit au petit trot, alors que les autres faisaient de leur mieux pour ne pas se laisser semer.

Les agents du Conseil coururent ; Buffy se retrouva en tête du groupe, Willow et Alex à sa gauche, et Christopher Lonergan à sa droite. Wesley et la nouvelle Tueuse étaient un peu en arrière.

Buffy vit que Willow l'observait.

— J'en déduis que les vampires n'ont pas besoin d'invitation pour entrer ici…

— C'était un hôpital… N'importe qui est le bienvenu dans un lieu public. Quand nous nous sommes installés ici, j'ai jeté un sort pour révoquer cette « invitation générale », mais ça n'a pas marché. Un hôpital est fait pour accueillir tout le monde. Une bonne intention contre laquelle la magie ne peut rien.

Devant elles, Oz avait atteint le pied des arbres. Il

s'immobilisa et jeta un coup d'œil impatient au reste du groupe, qui peinait à le rattraper.

— Donc, les vampires peuvent aller et venir à leur gré dans le complexe, résuma Buffy. Personne ne trouve ça dangereux ?

— Bien sûr que si, grogna Lonergan, agacé. C'est pour ça qu'on m'a affecté ici. Je sens la présence des buveurs de sang.

— J'avais remarqué, dit Buffy. Mais vous n'avez pas perçu celle de Giles, n'est-ce pas ?

Lonergan la foudroya du regard.

— Vous n'avez pas daigné m'informer que vous aviez pulvérisé Spike. Mon don ne me permet pas de distinguer un buveur de sang d'un autre. Nous disposons d'une puissance de feu suffisante pour repousser une attaque de vampires ou de démons. Mais nous n'avons jamais pensé que ces maudites sangsues se pointeraient une par une. C'est un suicide !

— Ou ça devrait l'être, marmonna Alex.

Buffy fronça les sourcils.

— Que veux-tu dire ?

— Rien du tout.

Buffy s'arrêta à la lisière des arbres. Les agents du Conseil contournèrent le bosquet, mais Willow et Alex restèrent en retrait. Ils échangèrent un regard. Buffy n'avait pas envie de se disputer avec Alex. Elle se tourna donc vers Willow.

— Tu crois que je l'ai laissé partir parce que c'est Giles ? demanda-t-elle.

— Ça m'a traversé l'esprit…

Alex fut plus direct.

— Ne me dis pas qu'il n'a pas été difficile pour toi de le voir dans cet état.

— Bien sûr que si ! Mais ça me donne encore plus envie de détruire l'abomination qu'il est devenu. Il a été trop rapide pour moi, voilà tout. Il m'a entraînée. Il me connaît par cœur, et ça s'est retourné contre moi. Si vous croyez que j'aurais pu le laisser filer après tout ce qu'il a fait… Je ne sais pas ce que vous avez subi les cinq dernières années pour changer autant, mais vous ne me connaissez plus du tout.

— Peut-être pas, concéda Alex.

Il fit volte-face et s'éloigna au pas de course.

Buffy le regarda un peu, puis se tourna vers Willow.

— Quand ils m'ont bouclée dans cette cellule, ils ne m'ont pas seulement privée de ma liberté. Ils m'ont volé tant d'autres choses. Ma mère. Giles. Faith. Angel. Et cinq ans de ma vie. Mais je n'avais pas réalisé qu'ils m'avaient aussi volé ceux de mes amis qui ont survécu.

Willow pâlit. Buffy attendit qu'elle dise quelque chose. Mais elle se contenta d'emboîter le pas à Alex.

De l'autre côté du bosquet s'étendait un complexe de bureaux. Le loup-garou était accroupi dans le parking, reniflant le bitume. Il leva les yeux. Sous cette forme, Oz ne pouvait pas parler. Mais son attitude était assez claire.

La piste s'arrêtait là.

Buffy observa Alex, Lonergan et les autres agents qui fouillaient les environs. Mais elle savait qu'ils ne trouveraient rien.

Il y eut un mouvement derrière elle. Willow posa une main sur son épaule. Buffy se retourna et fut surprise de découvrir son expression outrée.

— Tu ne comprends pas !

Elle marqua une pause et se lança.

— Après ta capture, nous avons mis un moment à

comprendre ce qui se passait. Giles a pris son temps et brouillé les pistes. Avant que ses intentions ne deviennent évidentes, il ne s'est pas passé un jour sans que je sursaute chaque fois que le téléphone sonnait, ou qu'on frappait à la porte. J'étais certaine que tu trouverais un moyen de t'évader et de nous rejoindre. Que tu aurais un plan.

« Même quand Angel est parti à ta recherche et qu'il n'est pas revenu… J'ai continué à croire que tout irait bien. Nous t'avons cherchée partout. Nous avons interrogé chaque démon et chaque vampire à Sunnydale. J'ai essayé d'utiliser la magie pour te localiser, mais je savais que ça ne fonctionnerait pas. Parce que Giles devait s'y attendre…

Elle détourna la tête, s'essuyant les yeux.

— Un peu plus d'un an après ta capture, les vampires se sont emparés de Sunnydale en une nuit. Nous ne nous doutions pas qu'ils étaient aussi nombreux. La plupart des policiers. Le maire. Mes parents.

— Oh, mon Dieu ! souffla Buffy.

— Je n'étais pas rentrée chez moi depuis une quinzaine de jours… Cette nuit-là, ils sont venus me voir.

— Que… Qu'as-tu fait ? balbutia Buffy.

Willow fixa un point invisible, comme si elle revoyait toutes ces horreurs.

— Moi, je n'ai pas pu, dit-elle tout bas. C'est Oz qui les a tués. Depuis, ça n'a plus jamais été pareil entre nous. J'espérais que tu finirais par réapparaître. Après ça, j'ai compris que je ne pouvais plus t'attendre.

Buffy se maudit d'avoir été si égoïste. Elle n'était pas la seule dont le monde avait été bouleversé.

— Désolée de ne pas avoir été là pour toi. Mais je suis à tes côtés, maintenant.

Son amie eut un pâle sourire et lui tendit une main tremblante. Buffy la prit. Puis elles s'étreignirent brièvement.

— Je suis si contente que tu sois toujours en vie, chuchota Willow.

— Bienvenue au club, dit Buffy alors qu'elles s'écartaient l'une de l'autre. Que fait-on à présent ?

— C'est à moi que tu le demandes ?

— On dirait que c'est toi qui commandes, non ?

— Si la moitié de ce que nous a raconté Spike au sujet de la prise de Los Angeles est vraie, et avec ce qui vient de se passer avec Giles, nous devons avancer notre planning. Mais il faut d'abord que je parle avec Christopher et Mme Haversham.

— Accorde-moi d'abord quelques minutes. J'ai quelque chose d'important à te dire.

Stupéfaite, Willow dévisagea Buffy.

— Il te reste encore des révélations à me faire ?

— Eh oui...

Les deux amies étaient assises sur le canapé de Willow.

Après leur retour dans le bâtiment, Willow avait invité Buffy à l'accompagner dans ses quartiers, où elles seraient plus à l'aise pour discuter. La Tueuse avait complimenté son amie sur la décoration, et s'était enquise de l'origine des objets qui ornaient les murs.

Willow avait compris qu'elle différait le moment de lui faire ses révélations.

Mais elle n'aurait pas pu se préparer à ce qu'elle venait d'entendre. C'était si incroyable !

— Es-tu certaine que ça n'est pas… ? Sans vouloir te vexer, ta longue captivité aurait pu te perturber. Te faire imaginer des choses…

— Crois-moi, je préférerais être folle.

Willow se rembrunit et fronça les sourcils.

— Dis-moi que tu fais cette tête parce que tu es en train de chercher un moyen de tout arranger ! lança Buffy.

— Quelque chose comme ça, oui, répondit Willow. Vous êtes vraiment deux dans le même corps ?

— Oui.

— Et ça ne provoque pas de conflit ? Pas de lutte de pouvoir ?

— Pour être honnête, je n'y ai pas réfléchi. J'ai été un peu trop occupée… Mais ce n'est pas comme si deux esprits se partageaient un seul corps. Nous avons seulement des souvenirs différents… Et encore. Les choses qui se sont passées il y a cinq ans sont toutes fraîches dans ma mémoire, parce que pour moi, quelques semaines seulement se sont écoulées. Mais c'est tout. Il y a deux âmes en moi, et les deux m'appartiennent. Tu vois ce que je veux dire ?

— Si je réponds oui, cesseras-tu d'essayer de m'expliquer ? Ça me donne mal à la tête !

— Je sais ce que tu ressens. Parfois, je me demande si mes instincts et mes émotions me viennent de ma version 19.0, de ma version 24.0 ou d'un mélange des deux. Mais rien à voir avec le Docteur Jekyll et Mister Hyde.

Willow retournait ces nouvelles informations dans sa tête, les examinait sous toutes les coutures et en tirait des conclusions pertinentes.

— Laisse-moi réfléchir à voix haute…

Elle se leva et fit les cent pas, tendant la main de

temps à autre pour toucher un objet familier. Malgré tous leurs problèmes, une partie d'elle-même se réjouissait d'avoir retrouvé son amie et dissipé la tension entre elles.

— C'est ça que tu appelles réfléchir à voix haute ?

— Désolée, s'excusa Willow en agitant une main. Mais il est difficile de trouver les mots.

Buffy se pencha vers elle.

— J'ai eu des pouvoirs télépathiques, c'est vrai, mais c'est fini depuis longtemps, lui rappela-t-elle.

— Je sais, je sais. D'accord. Puisque ton moi de maintenant se rappelle avoir été jeté en prison, et puisque je suis certaine que tu es redevenue toi l'espace d'une seconde après que Camazotz eut expulsé Zotziloha de ton corps, nous savons que cette... surpopulation... est temporaire. Donc, nous devons et nous allons trouver un moyen de te renvoyer en arrière.

Elle leva une main, enleva la pince qui retenait ses cheveux et secoua la tête pour les laisser tomber dans son dos. Une migraine la menaçait. Même si elle doutait que sa pince à cheveux en fût responsable, elle se sentit plus légère après l'avoir enlevée.

— Ce n'est pas si simple. Même si tu trouves un moyen de me... de nous séparer et de me renvoyer cinq ans en arrière... Si je reprends possession de mon corps à ce moment-là, rien n'aura changé. Les événements se dérouleront de la même façon, et nous aurons le même avenir.

— C'est bien ce que je craignais. Autrement dit, l'exorcisme de Camazotz est le catalyseur qui te ramènera à ton époque. Et nous n'avons aucun moyen de savoir quand ça se produira. Ça pourrait être dans plusieurs années ou dans quelques secondes.

— Exactement, approuva Buffy. L'heure tourne,

mais nous ignorons de combien de temps nous disposons. Avant que je ne sois projetée cinq ans en arrière, tu dois trouver un moyen de modifier le cours des choses et de me ramener à un moment *antérieur* à celui où la Prophétesse s'est emparée de mon corps.

« Zotzi-machin a dit que je commettrais une erreur, et que ça provoquerait une catastrophe. Même si ça ne me plaît guère, je la crois. Donc, je dois retourner dans le passé au moment où je n'ai pas encore commis cette erreur.

— C'est-à-dire ?

— Je ne sais pas... Il me semble avoir fait beaucoup d'erreurs. Celle qui me paraît la plus grave, c'est d'avoir abandonné Giles à la capitainerie du port...

— Tu y étais obligée, rappela Willow. Sinon, les vampires vous auraient tués tous les deux. Qu'aurais-tu pu faire d'autre ?

Buffy baissa les yeux. Une ombre passa sur son visage.

— Je ne sais pas, répéta-t-elle. Mais j'aimerais que tu utilises ta magie pour le découvrir.

— Et moi, j'aimerais avoir autant de confiance en moi ! Commençons par chercher ce que t'a fait Zotziloha, et de quelle façon. Si nous réussissons à inverser le processus et à te renvoyer suffisamment en arrière, rien de tout ça ne se sera jamais passé. Ma vie en sera bouleversée.

— Désolée... Je n'avais pas pensé à ça. Mais...

— Tout sera préférable à ça. Tout plutôt que de voir mourir les uns après les autres les gens que j'aime et de me retrouver seule à la fin. Je suis si contente que tu sois là !

— Je n'aurais jamais cru dire ça un jour, mais moi aussi.

— Je vais me mettre au boulot tout de suite.

— Parfait. Pendant ce temps, je travaillerai sur le plan avec les autres.

— Quel plan ?

— Reprendre Sunnydale et tuer Giles !

— Ah ! Ce plan-là !

Au fil des ans, depuis que Sunnydale était tombée entre les mains des vampires, le centre-ville avait pris des allures de Bourbon Street, à La Nouvelle-Orléans. Des planches étaient clouées sur la vitrine et sur la porte de certains commerces, mais ça restait l'endroit le plus vivant de la région après la tombée de la nuit.

Enfin, façon de parler.

L'ancien *Sun Cinema* était fermé aux humains, mais grâce à un démon entreprenant qui avait su anticiper la demande, on y projetait des films d'horreur tous les soirs. Les établissements pillés ou abandonnés avaient été remplacés par des bars et des clubs de strip-tease.

Giles filait dans les rues sur une Norton vieille de plus de trente ans à laquelle il tenait comme à la prunelle de ses yeux. Il avait repéré la moto remise à neuf au garage d'Aaron Trask, dix-huit mois auparavant. Trask était le mécanicien humain qui assurait l'entretien de tous les véhicules utilisés par le roi des vampires et ses proches collaborateurs. Giles avait exigé la Norton en témoignage de dévotion.

Les titres n'avaient aucune importance pour lui. Mais en règle générale, les humains étaient aussi stupides que les vampires, la hiérarchie semblant une des rares choses qu'ils comprenaient. Ça, et la peur. D'ailleurs, c'était sans doute la peur plus que le respect qui avait convaincu Trask de lui céder la Norton sans piper mot. Giles savait que le garagiste le haïssait. Il l'aurait tué depuis longtemps s'il n'avait pas été un aussi bon mécanicien.

Quelques minutes plus tard, il se gara dans le parking souterrain de la mairie. Les gardes inclinèrent la tête sur son passage.

Aaron Trask farfouillait sous le capot d'une limousine quand Giles apparut. Il lui fit un signe de la main en souriant. L'humain lui rendit son salut, mais pas son sourire.

Quand la porte de la cabine s'ouvrit au troisième étage, Giles découvrit que Jax l'attendait.

— Vous avez fait bon voyage, seigneur ? demanda le vampire, les yeux brillant sur son visage tatoué en blanc.

— Très bon, Jax. Merci.

— Les suppliants attendent que vous les marquiez.

Giles eut un geste désinvolte.

— Qu'ils patientent jusqu'à demain soir. J'ai un peu faim, et je pensais descendre régénérer mes forces.

— Je les en informerai, dit Jax.

— Parfait.

Dans la poche de son pantalon, Giles prit le trousseau qui contenait, entre autres, les clés de la Norton et d'une Jaguar qu'il affectionnait particulièrement. Il approcha d'un autre ascenseur en les faisant tinter bruyamment.

Dès qu'il appuya sur le bouton d'appel, la porte de la cabine s'ouvrit. Giles entra, choisit la clé appropriée et l'inséra dans le panneau de contrôle. Il la fit tourner et sélectionna l'étage désigné par les lettres « SS ». L'ascenseur commença sa descente.

*Une nuit très intéressante…*

Buffy n'avait pas réagi comme il l'espérait, mais il

s'y attendait. Peut-être finirait-elle par admettre qu'il avait raison. Il avait été si content de la revoir !

Son sang serait si délicieux…

Il fredonnait quand la porte de la cabine se rouvrit.

Le moment était venu de rendre une petite visite au dieu des chauves-souris.

# CHAPITRE V

*A la maison.*

*Buffy ouvre les yeux dans une atmosphère familière. Du jazz à la radio. Une odeur de crêpes dans l'air.* Ça doit être dimanche matin, *pense-t-elle.*

*Les draps sentent bon le propre. Elle s'y enfouit plus profondément, savourant la caresse du coton sur sa joue. Une mèche de cheveux lui chatouille le nez ; elle souffle dessus pour l'écarter.*

*Un moment de parfaite sérénité. Pourtant, elle ne parvient pas à se rendormir. Le sommeil l'a fuie, et son esprit bouillonne sans lui demander son assentiment. Elle rouvre les yeux.*

*Dehors, le soleil brille, mais il n'y a pas de vent. Son cochon en peluche, M. Toto, ressemble à une tache rose coincée entre son oreiller et la tête du lit. Elle n'arrive pas à lire les chiffres sur son réveil.*

*Elle bat des paupières plusieurs fois, convaincue qu'il doit être plus de neuf heures, puisque l'émission de jazz est commencée. Puis sa vision s'éclaircit. 12:00. Les chiffres clignotent comme sur un magnétoscope neuf.*

Le courant est coupé, *se dit Buffy. Mais elle sait que c'est impossible. Sinon, elle n'entendrait pas la musique. Elle soupire et, à contrecœur, s'assoit dans son lit.*

*Alors, elle remarque la tache violette sur le mur. Elle reconnaît le masque de carnaval que son père lui a rapporté d'un voyage d'affaires à Venise, quand elle avait douze ans. Il a été brisé pendant le déménagement de Los Angeles, bien qu'elle ait marqué* FRAGILE *sur tous les côtés du carton.*

*Pourtant, il est là. Intact.*

*Buffy le regarde, les yeux écarquillés, quand sa mère entre dans la chambre.*

*— Déjà réveillée ! s'exclame-t-elle sur un ton mi-moqueur, mi-affectueux. C'est l'odeur des crêpes qui t'a tirée du lit ?*

*— Oui, avoue Buffy sans détacher son regard du masque.*

*Troublée, elle constate que du rose et du rouge se mêlent au violet.*

*Elle se tourne vers sa mère. Joyce est toute guillerette. Elle adore le dimanche matin, le rituel de l'émission de jazz et des crêpes, ces moments qu'elle partage avec sa petite fille qui n'est déjà plus si petite.*

*Le sourire de Joyce s'évanouit ; il fond, révélant son expression désespérée. Elle tente de la dissimuler, mais elle ne peut pas.*

*— J'ai renversé quelque chose sur mon chemisier ? s'inquiète-t-elle.*

*— Maman..., commence Buffy.*

*— Il faut que je retourne à la cuisine. Les crêpes vont brûler.*

*— Maman...*

*— Non ! crie Joyce, paniquée. Ne fais pas ça !*

*— Maman...*

*Buffy sent son cœur se briser.*

*— Ne le dis pas !*

*— Tu es morte, maman…*

*Joyce se fige. Ses bras retombent le long de ses flancs. Elle secoue lentement la tête.*

*— Pourquoi a-t-il fallu que tu le dises ? C'est dimanche matin…*

*Derrière elle, dans le couloir, Buffy aperçoit une autre silhouette. Il y a quelqu'un dans la maison.*

*Papa ? pense-t-elle. Mais ça doit être à cause du masque, parce qu'il n'a aucune raison d'être à Sunnydale. Il ne vit pas avec elles. Il ne les appelle même plus.*

*L'homme entre dans sa chambre.*

*Giles !*

*Il porte ses lunettes et affiche un sourire patient plein de sagesse.*

*— Tu devrais peut-être te rendormir, suggère-t-il.*

*Il prend Joyce dans ses bras. Elle s'abandonne à son étreinte en sanglotant, en demandant pourquoi.*

*Buffy tourne la tête vers la fenêtre. Le soleil brille toujours, répandant une douce chaleur. Soudain, le vent se lève. Une bourrasque s'engouffre dans la chambre ; le masque de carnaval se décroche et se brise en tombant sur le sol.*

*Giles avance pour ramasser les morceaux. Il se coupe l'index sur un tesson de céramique.*

*Mais il ne saigne pas.*

*— Vous n'êtes pas mort, dit Buffy, les yeux pleins de larmes.*

*Giles lève la tête vers elle comme s'il n'avait pas entendu.*

*Buffy comprend. Ses lunettes et son air bienveillant ne sont qu'un masque de plus.*

— *Non, dit-il. Je ne suis pas mort.*

— *Mais vous devriez l'être !*

*Le visage de Giles fond. Mais pas comme de la glace. Sa peau se racornit et noircit au soleil, coulant telle de la cire. Pourtant, il n'y a toujours pas de sang.*

— *Buffy, dit une autre voix sur sa droite.*

*Angel est debout devant un énorme panneau de verre qui n'est pas celui de la fenêtre de sa chambre. Le soleil illumine sa silhouette. Il a les yeux clos et les bras en croix.*

*Buffy prononce son nom. Il lève les paupières mais ne lui sourit pas.*

— *Il pense comme un vampire à présent. Il ne comprend pas l'amour.*

*Les vêtements d'Angel sont lourds et lui collent à la peau. Ils sont imbibés de sang, qui goutte de l'ourlet de sa veste jusqu'aux revers de son pantalon.*

*Un bruit près de la porte. Buffy sursaute et tourne la tête. Giles et sa mère ont disparu. La pièce est plongée dans le noir. Il n'y a plus de soleil, plus de lumière. C'est à peine si elle distingue le bout de son lit.*

*A l'étage du dessous, la musique s'est tue. Une odeur de crêpes brûlées agresse ses narines, et de la bile lui monte dans la gorge.*

*Buffy ferme les yeux.*

Quand Buffy s'éveilla, elle sentait encore l'odeur des crêpes brûlées. Elle s'assit au bord de son lit et se frotta les yeux.

Ses paumes étaient sèches.

Surprise, elle regarda ses mains, puis effleura ses joues. Pas de larmes. Pourtant, elle aurait juré qu'elle pleurait. Et si elle avait ouvert la bouche, ça aurait été pour sangloter.

Alors, elle comprit que c'était la Buffy de dix-neuf ans qui pleurait en elle. Mais les larmes n'apparaissaient pas sur les joues de la jeune femme dont elle habitait le corps. Après tout ce qu'elle avait vécu, la Buffy de vingt-quatre ans était moins émotive.

L'image d'Alex s'imposa à son esprit. Sans le curieux mélange de ses deux âmes, elle aurait été comme lui. Privée de son alter ego plus jeune pour compenser l'amertume qu'elle portait en elle, elle serait devenue aussi froide et détachée que lui. Alex n'avait plus d'espoir. Plus aucune raison de survivre. Et il risquait de se faire tuer à cause de ça.

*Ce sera tout ou rien*, pensa Alex.

Le jour était venu où ils allaient cesser de rester les bras croisés, monter en selle et passer à l'action. Ils traverseraient la frontière pour reprendre Sunnydale. Ils tueraient Giles et les autres vampires qui s'opposeraient à eux, ou ils n'en reviendraient pas.

Ça lui convenait tout à fait. Alex attendait ce jour depuis très longtemps.

Il s'était réveillé des heures avant l'aube pour vérifier son équipement. Puis il s'était mis en tenue.

Ses préparatifs terminés, il avait glissé *La Horde sauvage* dans le lecteur de DVD et s'était rallongé pour regarder le film. Avec le son coupé pour ne pas déranger ses camarades. De toute façon, l'ayant déjà vu des dizaines de fois, il connaissait les dialogues par cœur.

*La Horde sauvage. Josey Wales, hors-la-loi. Il était une fois dans l'Ouest. La Rivière rouge...* Presque tous les films de sa DVD-thèque étaient de vieux westerns. Les programmes de télé ne l'intéressaient pas : chaque fois qu'il tombait sur un feuilleton ou sur un flash d'informations, ça lui rappelait combien le monde était différent de ce que croyaient la plupart des gens.

Ils n'avaient aucune idée de ce qui se passait.

Alex aurait pu lire, mais il n'avait plus la patience. Et s'il ne s'occupait pas, son esprit avait tendance à vagabonder dans des directions qu'il ne voulait pas nécessairement explorer.

Sur l'écran, on en était à la bataille finale. Même sans le son, Alex entendait les coups de feu. Une poignée d'hommes qui n'avaient aucune attache et rien à perdre, prêts à mourir parce qu'ils avaient enfin trouvé une cause à défendre.

On frappa à la porte. Il regarda son réveil. 4:57. Il se laissa glisser à terre, saisit son équipement et ouvrit.

Oz était dans le couloir avec Abel et Yancy. Le loup-garou semblait nerveux, comme s'il avait consommé trop de caféine. Au fil des ans, Alex avait appris qu'il se comportait toujours ainsi avant une bataille. La réaction de l'animal tapi en lui...

— Il est l'heure, dit Oz.

— Je suis prêt.

Un peu plus loin, ils croisèrent Buffy et Willow.

Les autres agents devaient déjà être dehors ou en route. Le départ avait été fixé à cinq heures du matin. Mais le groupe commandé par la Tueuse n'obéissait pas aux mêmes règles. Mme Haversham avait sélectionné ses membres pour la partie la plus délicate de l'opération : l'attaque contre Giles.

*Elle nous a choisis parce que nous sommes les plus expérimentés*, pensa Alex. *Parce que nous tuons des monstres depuis longtemps et que nous connaissons leur mode de pensée.*

Buffy laissa les autres prendre un peu d'avance.

— Alex, tu as une minute ?

Le jeune homme regarda la Tueuse, puis Willow, qui semblait surprise. Il fit un signe de tête à Oz pour lui indiquer qu'il les rattraperait un peu plus loin. Willow s'éloigna aussi.

— Oui ? dit-il sur un ton impatient, dévisageant Buffy.

La colère brillait dans les yeux de la jeune femme. Il eut le pressentiment que ce qu'elle allait lui dire ne lui plairait pas du tout.

Puis la tension qui planait entre eux se dissipa, et Buffy eut un sourire sans joie.

— J'aimerais bien pouvoir abattre ce mur.

— Quel mur ?

— Celui qui t'entoure.

Elle se dressa sur la pointe des pieds, lui passa une main derrière la nuque et l'attira vers elle pour déposer sur ses lèvres un baiser qui n'avait rien de romantique ni de passionné. Mais Alex se força à ne pas détourner la tête.

— Je t'aime, Alex, dit Buffy. Je t'ai toujours aimé, et je t'aimerai toujours. Il y a encore des gens qui se soucient de toi.

Son sourire s'évanouit, et une ombre passa sur son visage. Avec toute la force de l'Elue, elle lui flanqua une bonne bourrade.

— Alors, tâche de ne pas mourir, d'accord ?

Dans la pièce qui était jadis le bureau du maire, Giles se tenait assis face à un démon Borgasi nommé Ace Tippette. Le roi des vampires buvait du thé. Ace n'étant pas un fan de ce breuvage, Giles lui avait fait servir un bourbon.

Depuis le temps qu'ils parlaient, le thé avait eu le temps de refroidir et l'alcool de se réchauffer. Le Borgasi avait l'air de souhaiter être ailleurs, mais Giles ne le lâchait pas.

Ace passa une main dans les aiguilles qui lui garnissaient le crâne et la nuque et soupira pour la quinzième fois. Les fentes noires et humides qui lui tenaient lieu de nez frémirent tandis que ses deux paires d'yeux bridés étudiaient la pièce, évitant le regard de Giles.

Enfin, il fut forcé de répondre.

— Les Borgasi ne sont pas une race guerrière. Nous admettons qu'il faut briser quelques rotules de temps en temps, et nous avons enterré pas mal de cadavres dans le désert, mais notre clan vit en paix au côté des humains de Las Vegas depuis plus d'un demi-siècle. C'est grâce à eux que nous faisons encore des affaires.

« Depuis que la Mafia nous a cédé une part du gâteau, tout marche comme sur des roulettes à Las Vegas. Grâce à nous, les choses se sont tellement calmées que la ville est devenue une Mecque pour les touristes. Nous n'avons pas envie de tout gâcher.

Giles but une gorgée de thé. Il le trouva froid et reposa sa tasse sur la soucoupe, puis se tapota pensivement le nez.

— Vous semblez mener une existence très confortable dans le désert, Ace. Mais vous manquez d'une vision d'ensemble. Lors de votre visite de ce soir, je vous ai montré une bonne partie de mes installations et révélé des détails de mon plan, parce que je croyais que les Borgasi voudraient y jouer un rôle.

— Une minute, chef ! dit Ace. Nous ne vous y avons pas forcé. Nous sommes venus parlementer, pas fourrer notre nez dans vos affaires.

Le roi des vampires sourit.

— Voyons si je peux vous présenter la situation sous un autre jour… J'étends mon territoire lentement mais inexorablement. Vous pouvez me croire. Mais il reste encore un obstacle en travers de ma route. Je m'attends à le faire sauter dans les trois ou quatre jours à venir. Après, je reprendrai mon expansion. D'ici moins de deux semaines, Los Angeles sera entre mes mains. Et quand j'en aurai terminé, j'irai à Las Vegas pour m'en emparer.

Ace plissa les yeux.

— Comment ça, pour vous en emparer ? Vous croyez que nous allons vider les lieux gentiment ? Vous céder la place sans broncher ?

Giles sourit. Il appréciait vraiment la compagnie d'Ace Tippette.

— Loin de moi cette idée, dit-il. Bien entendu, vous pourriez vous enfuir. Ou je pourrais vous détruire. Mais il existe une troisième option que je juge infiniment préférable.

« Pendant que j'en finis avec Los Angeles, ne serait-il pas plus simple que Las Vegas passe sous mon contrôle avec votre assistance ? Plus simple et plus sain pour les Borgasi… Ne préférez-vous pas vivre en seigneurs ?

Giles avait récemment fait gratter la peinture noire d'une fenêtre. Il vit que le ciel s'éclaircissait à l'horizon. L'aube se levait en douce, histoire de surprendre toute créature de la nuit qui ne serait pas sur ses gardes. Souriant au démon, il alla fermer les volets d'acier qui venaient d'être installés.

Puis il se tourna de nouveau vers Ace.

— Ou, pour reformuler ma question : ne préférez-vous pas continuer à vivre tout court ?

Une seconde, il crut que son interlocuteur allait lui sauter dessus. Les Borgasi n'étaient pas des guerriers, mais ils pouvaient être dangereux quand on les poussait à bout. Et ils avaient beaucoup d'orgueil. En provoquant Ace, Giles savait qu'il risquait gros.

Mais il s'était montré suffisamment clair. Malgré son surnom ridicule, Ace Tippette n'était pas stupide. Giles ne fut donc pas surpris de le voir secouer la tête et lever les mains en signe de reddition.

— On ne peut pas lutter contre ce genre d'argument, pas vrai ?

— C'est exact, dit aimablement Giles.

Ace se leva et lui tendit la main.

— D'accord. Vous donnez les ordres, mais vous nous laissez diriger la ville seuls.

Le vampire lui serra la main.

— Marché conclu.

Ace sourit, dévoilant ses centaines de petits crocs.

— J'avoue que je trouve ça assez excitant. Certains d'entre nous sont allergiques au changement. Ça les secouera un peu.

Il marqua une pause.

— Dites… Quand vous prendrez Atlantic City, vous pourriez nous laisser mordre les premiers dans le gâteau ?

— Mordre les premiers dans le gâteau, répéta Giles. Pourquoi pas ?

— Excellent, fit Acc en levant les pouces.

Il se détourna.

— Encore une chose ! cria Giles.

Ses narines frémissant, Ace se tourna vers lui.

— A partir de maintenant, vous m'appellerez « Seigneur » ou « Maître ». Ou « Majesté », bien que ça m'embarrasse toujours un peu.

— Majesté… Elle est bien bonne !

Giles foudroya le démon du regard.

— Je suis sérieux.

Les aiguilles crâniennes du Borgasi se hérissèrent. Il les lissa d'une main.

— Bien entendu. Pas de problème. Après tout, c'est vous le patron.

— Pas le patron, le roi, insista Giles.

Des coups impatients résonnèrent à la porte. Elle s'ouvrit avant que Giles ait pu demander qui était là. Jax entra, trépignant d'anxiété.

— Jax, dit Giles sur un ton assez lourd de menaces pour que le vampire cesse de s'agiter.

— Pardonnez-moi, Seigneur. Il y a une… euh… une petite urgence.

Ace se racla la gorge.

— Vous savez quoi ? Je trouverai la sortie tout seul. Ne vous dérangez pas pour moi. (Il jeta un coup d'œil angoissé à Giles.) Nous sommes à votre service… Seigneur. Vous n'aurez qu'à sonner quand vous aurez besoin de nous. Nous serons prêts.

— Parfait, Ace. J'accepte votre serment d'allégeance, aussi peu orthodoxe soit-il. Veuillez attendre dans le couloir. Jax vous raccompagnera dans quelques instants.

Le démon eut un geste insouciant.

— Non, je vous assure que… (Il s'interrompit et se mordit la lèvre.) D'accord. Je vais attendre.

Dès qu'il eut quitté la pièce, Giles croisa les bras et jeta un regard interrogateur à Jax.

— Alors ? Qu'y a-t-il de si pressé ?

Le vampire tourna la tête vers la porte et baissa la voix, craignant sans doute qu'Ace ne l'entende.

— Ils sont ici, Majesté. Cinq sentinelles de la frontière sud ont appelé pour signaler un raid massif. Une cinquantaine ou une soixantaine de véhicules, séparés en sept groupes. Nous estimons qu'ils transportent environ trois cents humains.

— Excellent, approuva Giles en contournant son bureau pour aller s'asseoir sur son fauteuil à haut dossier. Une bataille sur un seul front. Je pensais qu'ils auraient assez d'agents pour attaquer par le nord en même temps.

Jax le fixa avec une stupeur presque comique.

— Seigneur, ils sont si nombreux ! Et nous ne pouvons leur opposer qu'une poignée de combattants. Nous disposons seulement d'une trentaine de combinaisons antisolaires…

— Jax…, soupira Giles. Quand te décideras-tu à faire fonctionner ta cervelle ? En dépit de leur serment de loyauté, la plupart des humains ne sont pas prêts à risquer leur vie pour me défendre. Mais certains le feront. Ce sera suffisant pour les ralentir. Et il semble peu probable que les démons que j'ai pris soin de gâter se laissent dérober leur gagne-pain aussi facilement. Sous mon règne, cette région est devenue un paradis pour eux. Ils ne peuvent pas se permettre de nous laisser tomber.

Jax fit un effort pour maîtriser son anxiété et se redressa légèrement.

— Si vous le dites, Seigneur.

— Nous nous préparons à cette éventualité depuis longtemps. Informe la population et distribue les ordres. Nous verrons bien qui obéit. Des pertes, même significatives, sont acceptables. Une défaite ne l'est pas. Je serai au tribunal dans dix minutes. Je dirigerai la bataille.

— Oui, Seigneur.

— Et n'oublie pas de faire passer le mot : la Tueuse est à moi. Je veux qu'on la capture si possible, mais en aucun cas qu'on l'élimine. Même si on doit la laisser arriver jusqu'ici.

Renonçant à feindre le calme, Jax lâcha :

— Mais, Majesté, elle vous…

— Non, coupa Giles. Elle ne le fera pas. Je l'ai vu dans ses yeux et senti dans son hésitation. Elle tentera tout pour m'arrêter, mais elle ne me tuera pas. C'est la faille dans son armure, Jax. Avant le prochain lever du soleil, elle sera l'une d'entre nous.

La phalange qui entra dans Sunnydale par la route du bord de mer se composait de cinq véhicules : trois Jeeps et deux transports de troupes. Ils roulaient vite, mais pas trop, car ils ne pouvaient pas se permettre la moindre erreur.

Les agents du Conseil infiltrés à Sunnydale leur avaient indiqué l'emplacement d'une dizaine de nids. Chaque équipe avait reçu l'ordre d'en nettoyer deux, d'éliminer l'opposition qu'elle rencontrerait en route et de retrouver les autres au centre-ville pour boucler l'opération.

Mme Haversham avait demandé qu'on ne touche pas au nid du musée. Le Conseil des Observateurs ne supportait pas l'idée de détruire les antiquités qu'il abritait. Dès que les humains auraient repris le contrôle de cette zone, les vampires basés au musée s'enfuiraient certainement.

La vieille dame et ses aides de camp avaient établi leur centre de commandement dans un des bâtiments du complexe. Les systèmes de communication leur permettaient de rester en contact permanent avec les équipes engagées sur le terrain.

Une des unités avait un ordre de mission différent. Elle devait localiser et détruire Rupert Giles !

Buffy avait pris place à l'arrière d'un transport de troupes dont le moteur toussotait de façon inquiétante. Sans doute un véhicule en fin de vie, issu des surplus de l'armée américaine. Mais peu importait : ils n'avaient pas à aller loin.

Elle regarda ses compagnons. Willow, Oz, Alex et une dizaine d'agents choisis par Ellen Haversham. Christopher Lonergan conduisait.

Avant leur départ, Wesley avait protesté parce que Anna Kuei et lui ne faisaient pas partie de cette unité d'élite. Willow et Mme Haversham avaient insisté sur la nécessité d'une répartition optimale de leurs forces. Mais Buffy n'y avait pas cru une seconde, et elle doutait que Wesley ait gobé l'explication.

L'Observateur prenait sans doute ça comme un affront personnel, une mise en doute de ses capacités. Buffy pensait que Willow et Mme Haversham voulaient séparer les Tueuses pour réduire le risque qu'elles soient abattues toutes les deux.

Lonergan jura à voix haute et écrasa la pédale de frein. Le véhicule s'immobilisa. Buffy retint son souffle.

— Des démons Abraxis, annonça Lonergan. Quatre. Et une poignée d'humains.

Buffy regarda dehors et vit qu'ils étaient dans le quartier du port, près d'un hangar en ruine que les espions du Conseil avaient identifié comme un nid de vampires. En principe, c'était là que leur unité devait se séparer de la phalange. Mais des démons à la peau jaune et des humains vendus à Giles leur barraient le chemin.

— Ignorez-les ! ordonna Buffy.

Lonergan lui jeta un coup d'œil dans le rétroviseur. Au Conseil, il avait une ancienneté supérieure à celle de la jeune femme. Mais elle était la Tueuse, et commandait cette mission sur le terrain.

— L'équipe bêta peut s'occuper d'eux. C'est pour ça qu'on les a entraînés, non ? Dans dix minutes, nos gars auront jeté leurs bombes incendiaires sur le nid. Allons-y.

Lonergan n'hésita qu'un instant.

Une fusillade éclata. Buffy entendit le souffle des lance-flammes tandis que Lonergan accélérait, contournant les autres véhicules et roulant vers le centre de Sunnydale.

Vers la mairie !

Le véhicule s'engagea dans une grande avenue. Buffy vit des humains sortir de leur maison et se planter au bord du trottoir pour les regarder passer. Elle se demanda s'ils étaient soulagés ou terrifiés par leur arrivée. Avaient-ils seulement envie qu'on les aide ?

La Tueuse vit que le regard d'un des agents était rivé sur elle. Il s'appelait Yancy. Et il la dévisageait comme si elle était une énigme qu'il n'arrivait pas à résoudre. Les autres étaient absorbés dans leurs pensées, concentrés sur la bataille à venir. Ils n'avaient pas remarqué l'attitude de Yancy.

— Je peux vous aider ? demanda Buffy en constatant qu'il ne détournait pas la tête.

— Désolé, marmonna l'homme, mal à l'aise. Je me demandais… Je sais que vous êtes la Tueuse, mais cette opération… C'est un suicide, non ? L'endroit sera bien gardé. Ils ne vont pas nous laisser entrer comme ça.

— Je pense que si, dit Buffy. Giles enverra ses serviteurs pour essayer de nous bloquer, mais à mon avis, il se moque que nous passions ou pas. Ce sera la partie la plus facile. D'après la façon dont il m'a parlé l'autre nuit, il veut que je vienne à lui.

— Il désire que vous le tuiez ? s'exclama Yancy, incrédule.

— Tu t'oublies, Yancy ! cria Alex. Tu n'as aucune idée de ce qui se passe réellement, et poser des questions n'est pas ton rôle. Buffy est le chef de cette unité. Elle savait ce qu'elle nous demandait quand elle a composé son équipe. Et toi, tu connaissais les risques quand tu as accepté d'en faire partie. Si tu as changé d'avis, tu n'as qu'à descendre et regagner la base à pied.

Tous regardèrent Alex. Sauf Yancy, qui avait baissé les yeux, l'air embarrassé.

Buffy sourit, remerciant son ami en silence. Pour la première fois depuis qu'elle était dans ce monde de cauchemar, elle avait l'impression qu'ils étaient de nouveau ensemble. Ça n'était pas comme avant, et ça ne le serait jamais plus. Mais ils étaient ensemble.

— Je ne voulais pas me montrer indiscipliné, s'excusa Yancy.

— Ne vous en faites pas, le rassura Buffy. Cette mission a de quoi rendre nerveux, et…

— On a un problème, dit abruptement Lonergan.

Il pila.

Buffy fut projetée contre son voisin alors que le camion s'immobilisait. Par le pare-brise, elle vit qu'un barrage avait été érigé sur la route. Elle aperçut des humains armés de fusils d'assaut et cinq vampires en combinaisons solaires.

— Je m'en occupe, annonça-t-elle.

# CHAPITRE VI

La lumière du soleil se reflétait sur les véhicules garés en travers de la route et sur les combinaisons argentées des vampires.

Buffy s'accroupit derrière la banquette avant du camion pour les observer. En pleine journée, les vampires ne l'inquiétaient guère. Les traîtres humains qui travaillaient pour eux, en revanche…

— Buffy Summers ! cria un grand homme barbu. Venez avec nous, et nous laisserons partir les autres. Nous ne voulons que vous.

— Vous m'en voyez très flattée, marmonna la Tueuse.

Elle compta neuf humains, dont six au moins brandissaient des fusils semi-automatiques.

Elle n'avait pas l'habitude d'être confrontée à des armes d'assaut. En règle générale, les créatures des ténèbres préféraient un matériel plus archaïque. Pour des raisons de style, ou parce qu'elles étaient trop arrogantes pour admettre qu'un Uzi était un outil de destruction plus efficace qu'une épée.

*L'épée*, pensa Buffy avec un sourire. Elle passa une main sous la banquette. L'arme que Giles lui avait offerte était enveloppée d'une couverture kaki. La jeune femme s'était longuement interrogée avant de décider de la prendre. Se demandant s'il s'agissait vraiment d'un cadeau ou si elle était piégée. Peut-être par un enchantement ou une malédiction…

Buffy glissa une lanière de cuir dans l'anneau d'acier du fourreau et la passa sur son épaule afin que la lame repose en travers de son dos.

Tous les regards étaient rivés sur elle. Ses compagnons – Willow, Alex, Oz et les agents du Conseil – semblaient tendus comme des ressorts et prêts à frapper.

Par la vitre du conducteur entrouverte, Buffy entendait de la musique : du blues-rock aux accords lourds et graves qui semblait faire écho aux battements de son cœur.

— Que peux-tu me fournir comme diversion ? demanda-t-elle à Willow.

Comme si leurs deux esprits étaient les rouages d'une même machine, son amie s'accroupit sur le plancher du véhicule.

— Buffy va sortir et s'approcher d'eux, dit-elle. Ils n'attaqueront pas tant qu'elle ne dégainera pas son épée. Ils tenteront de la lui faire jeter, mais elle n'obéira pas.

Willow se tut et fixa Buffy.

— Tu n'obéiras pas.

Buffy sourit.

— Bien reçu.

— D'accord. Voici ce que nous allons faire…

La radio qui hurlait dans une des voitures du barrage diffusait maintenant un morceau de rock des années soixante-dix. Ça aurait pu sembler incongru, une heure après le lever du soleil, mais la situation était tellement bizarre qu'un détail de plus ou de moins…

En descendant par l'arrière du camion, Buffy sentit

l'odeur d'un feu. Un nid de vampires brûlait non loin de là. Ses occupants se demandaient sans doute où était Giles quand ils avaient besoin de lui.

*Le monde ne sera plus jamais comme avant*, comprit-elle. *Impossible de revenir en arrière.* Giles et ses laquais avaient frappé la chair même de l'Amérique, et cette blessure laisserait forcément une cicatrice. Mais s'ils réussissaient à la nettoyer, puis à la purifier, elle se refermerait avant que la gangrène ne s'étende.

Buffy contourna le camion et pressa le pas. Deux vampires jurèrent quand elle apparut dans leur champ de vision. L'un d'eux recula même de quelques pas.

Avant que Giles ne prenne le contrôle, à l'époque où les Kakchiquels obéissaient encore à Camazotz, le dieu leur avait caché l'existence de la Tueuse pour qu'elle ne les effraie pas. A présent, ils la connaissaient. Giles n'avait pas été aussi prudent.

Tant mieux, parce que ça lui donnait un avantage.

— Jetez votre épée ! ordonna l'humain barbu.

*Le porte-parole*, pensa Buffy. Les autres étaient peut-être là parce qu'ils pensaient que travailler pour les vampires serait leur meilleure chance de survie. Mais ce type-là s'était pris au jeu, ça se voyait. Il aimait le mal !

Elle continua d'avancer.

Les fusils d'assaut se pointèrent vers elle. Deux humains qui n'avaient pas d'arme dans les mains dégainèrent un pistolet. L'un d'entre eux lui disait vaguement quelque chose. Peut-être un flic à qui elle avait eu affaire autrefois. Quant à l'autre, elle le reconnut aussitôt.

*Parker.*

— Jetez-la immédiatement, ou c'est votre cadavre

que nous rapporterons au roi, cria Porte-Parole, un rien de panique dans la voix.

Buffy s'approcha d'eux sans aucune hésitation.

— Ça m'étonnerait. C'est lui qui m'a offert cette épée. Je suis certaine qu'il ne voudrait pas que je lui rende visite sans elle.

Porte-Parole se creusait visiblement la tête. Il ne savait pas comment réagir. Les autres humains semblaient de plus en plus nerveux.

Les vampires se portèrent à sa rencontre. Buffy aurait pu croire qu'il n'y avait pas de corps à l'intérieur des combinaisons argentées, seulement les parasites démoniaques tapis en chaque mort-vivant.

Car ils n'étaient rien d'autre que des squatters de cadavres. Quelle image dégoûtante ! Mais penser à Giles de cette façon l'aidait. *Non. Pas Giles.* Elle ne voulait pas considérer cette créature comme une personne. Pourtant, elle ne parvenait pas à s'en empêcher.

Buffy s'arrêta à quatre ou cinq mètres du barrage. Les humains – certains devant les voitures, d'autres derrière ou debout sur le capot – retinrent leur souffle.

La jeune femme vit le regard de Parker se porter sur le barbu, puis sur l'épée. Les combinaisons argentées l'encerclèrent comme une meute de coyotes guettant une ouverture.

— L'épée. Jetez-la à terre, répéta Porte-Parole avec de moins en moins de conviction.

Buffy sourit. Avec un haussement d'épaules, elle passa la main droite par-dessus son épaule gauche pour saisir la poignée de l'arme. Les vampires reculèrent d'un pas.

Les doigts de Buffy se refermèrent sur la garde de l'épée.

C'était le signal.

La jeune femme ferma les yeux.

Un éclair de lumière et de chaleur brûlante lui picota la peau. Des cris d'inquiétude et de douleur retentirent autour d'elle. Malgré ses paupières closes, Buffy plissa les yeux pour se protéger.

Puis elle se mit en mouvement.

Elle avait gravé dans son esprit la position de tous les vampires avant que Willow ne jette son sort. Même en pleine journée, il était assez puissant pour blesser les yeux des humains et pour étourdir les morts-vivants malgré leur masque.

Buffy tira l'épée de son fourreau. Alors que la lame sifflait dans l'air, elle fit un pas en avant et décrivit un arc de cercle à l'horizontale. L'arme était si bien aiguisée qu'elle sentit à peine l'impact quand elle trancha la tête d'un vampire.

Des détonations retentirent. Buffy frémit à peine, car elle s'y attendait. Des balles ricochèrent sur le bitume, et elle entendit quelques vitres se briser. Bien qu'aveuglés par le sort de Willow, les humains venaient d'ouvrir le feu.

Mais les agents du Conseil, placés derrière la source de lumière, y voyaient assez bien pour riposter avec plus de précision que leurs ennemis.

Buffy entrouvrit les yeux et tourna sur elle-même pour décapiter un deuxième vampire. Sa main était guidée par l'instinct. Depuis qu'elle était devenue la Tueuse, jamais elle ne s'était déplacée avec une telle rapidité.

Un vampire se jeta sur elle. Elle lui abattit son épée sur le crâne. Un autre se détourna pour s'enfuir. Elle lui plongea son épée dans le dos. Sa combinaison argentée s'écroula tandis qu'il se désintégrait à l'intérieur.

Il ne restait plus qu'un mort-vivant. Le geste que fit

Buffy pour le décapiter fut si net et si précis que la tête du vampire resta sur son cou un instant. Puis il explosa.

Buffy rengaina son épée et fit face aux humains pendant que les agents du Conseil accouraient. Willow, Oz et trois hommes déboulèrent sur sa gauche. Alex, Yancy et deux autres s'immobilisèrent sur sa droite.

Un agent blond et assez séduisant appelé Devine prit une balle dans l'épaule gauche et s'effondra. Pas de chance ! Les humains, toujours aveuglés, tiraient au hasard. L'un d'eux vacilla et tomba du capot de la voiture où il se tenait.

Les agents du Conseil foncèrent vers le barrage en tirant pour affoler leurs ennemis. L'idée était de les neutraliser sans les tuer. Buffy en resta persuadée jusqu'à ce qu'elle voie un petit trou rouge fleurir sur le front de Porte-Parole. Le barbu tituba, puis s'effondra contre la portière d'une voiture et ne bougea plus.

— Hé ! cria Buffy.

Willow agita les mains. L'Uzi que brandissait un des humains se changea en glace et se brisa. L'homme prit ses jambes à son cou.

Le sort commençait à décliner et la lumière à perdre son intensité. Mais Buffy et ses compagnons avaient atteint le barrage. Alors que la jeune femme brisait la mâchoire d'un des humains d'un coup de poing, elle vit Alex en attaquer et en désarmer deux autres.

Willow leur avait donné un avantage crucial, leur permettant de conclure l'affrontement le plus vite possible sans perdre un membre de l'unité. Mais la sorcellerie n'était pas son seul talent. Rapide et souple, elle se battait beaucoup mieux que cinq ans auparavant.

110

Elle réussit à arracher le pistolet d'un humain avant qu'il ne comprenne ce qui lui arrivait.

Sur sa gauche, Oz plongea par-dessus le capot d'une voiture et plaqua une femme au sol. Il avait gardé sa forme humaine. Buffy avait beaucoup insisté sur ce point : le loup-garou ne pourrait pas s'empêcher de tuer.

Pourtant, quelqu'un avait tué quand même. Buffy regarda à la ronde et vit un sourire satisfait flotter sur les lèvres de Yancy. Elle voulut dire quelque chose, mais deux séides humains des vampires tentèrent de s'emparer d'elle. D'un coup de coude, elle brisa le nez de l'un d'eux, puis assomma l'autre.

Elle se retourna. Trois mètres plus loin, Parker la tenait en joue avec son pistolet.

— Tu n'aurais pas dû revenir, dit-il.

Parker avait toujours été méprisable, mais là, il avait vraiment touché le fond.

— Tu ne me crois pas capable de te désarmer ?

Parker sourit.

Yancy apparut au côté du jeune homme et lui tira une balle dans la tête.

— Yancy ! cria Buffy en voyant Parker s'écrouler. Pourquoi avez-vous fait ça ?

Les humains qui n'étaient ni morts ni inconscients s'enfuirent. Deux agents du Conseil aidèrent Devine à se relever et examinèrent son épaule blessée.

Yancy rengaina son arme, et les autres se massèrent autour d'eux. Seule Willow semblait désapprouver ce qui venait de se passer.

— Il vous aurait tuée, se défendit Yancy. Si vous êtes la clé de cette opération, nous ne pouvons pas nous permettre de vous perdre. Je ne m'attendais pas à ce que vous me sautiez au cou, mais un simple « merci » ne vous coûterait pas grand-chose.

Buffy le foudroya du regard.

— Vous avez abattu leur porte-parole. Vous êtes sourd, ou quoi ? J'avais demandé qu'on ne tue personne. Ces gens sont justement ceux que nous essayons de sauver ! La seule chose qui compte, c'est que nous entrions dans la mairie, que nous pulvérisions Giles et, si possible, que nous en sortions vivants.

Le regard de Yancy s'assombrit. Ses narines frémirent de colère.

— Ah oui ? Désolé, je croyais que les gens que nous voulions sauver étaient ceux qui n'essayaient pas de nous tuer.

Sur ces mots, il se détourna et regagna le camion.

— Allons-y ! cria Buffy au reste de l'équipe.

— Quand même, on aurait bien dit que Parker te tenait, murmura Willow assez bas pour que personne d'autre ne l'entende.

— Tu rêves, ricana Buffy, même si elle n'en était pas aussi certaine que ça.

Alex les rattrapa.

— Ça n'est plus comme autrefois, Buffy. Personne ne veut tuer personne. Mais ces gens-là se sont rangés du côté des méchants. Ils connaissaient les risques. Même si elle a été livrée en secret jusque-là, c'est une guerre. Il y a déjà eu des pertes humaines. Plus vite nous y mettrons un terme, moins il y en aura. Garde la tête sur les épaules et le regard rivé sur notre objectif.

Aussi difficile que ce soit, Buffy dut reconnaître qu'Alex avait raison. Il était dur et impitoyable, mais il avait raison.

Alors qu'ils grimpaient dans le camion, Lonergan

se glissa sur le siège du conducteur, attendant les ordres.

— Christopher, vous êtes censé percevoir les vampires, non ? Tâchez de les éviter ! Si nous rencontrons un autre barrage, foncez dans le tas. Débrouillez-vous comme vous voudrez, mais conduisez-nous à la mairie.

Pendant que le camion roulait vers la mairie, Alex regardait Hotchkiss bander l'épaule blessée de Tim Devine.

— Tu resteras dans le camion, Devine, ordonnat-il. Dans l'état où tu es, t'emmener serait un risque inutile.

Il sentait la tension presque palpable à l'arrière du véhicule. Supporter la pression était déjà assez difficile sans que Yancy tienne tête à Buffy.

Du coin de l'œil, il aperçut Willow et la Tueuse côte à côte. Elles ouvrirent la bouche pour intervenir, mais il les fit taire d'un regard impérieux. Buffy était le chef de cette unité et Willow venait juste derrière. Mais Alex et Lonergan avaient la responsabilité des agents, et il n'était pas près de leur laisser oublier ça.

— Ne m'emmerde pas, Harris ! cria Devine. Le coagulant a arrêté l'hémorragie. Je suis droitier, donc ça ne m'empêche pas de tirer. Et tu n'es pas le chef de cette mission.

En collaboration avec le gouvernement des Etats-Unis, le Conseil avait mis au point un traitement chimique qui permettait au sang de se coaguler dès qu'il était exposé à l'air. Depuis peu, les soldats de métier bénéficiaient du même traitement. Quand ils étaient blessés, l'hémorragie s'arrêtait au bout de quelques minutes. Et les produits que charriait leur sang dissuadaient les vampires de les mordre.

Devine avait raison sur ce point, mais Alex ne changea pas d'avis pour autant.

— D'abord, c'est *monsieur* Harris pour toi, Devine ! Je ne suis peut-être pas ton commandant, mais je reste ton supérieur, et tu me dois obéissance. As-tu entendu quelqu'un me contredire à bord de ce véhicule ? Tu es blessé, donc, pas à cent pour cent de tes capacités. Ça pourrait te coûter la vie. Et c'est ton problème. Mais quand tu couvres les arrières de tes camarades, ils doivent pouvoir s'en remettre à toi. Sinon, tu les gênes. Tu resteras dans le camion. Je ne veux plus t'entendre.

Devine grogna.

Quelques secondes plus tard, le véhicule s'immobilisa.

— Nous y sommes, annonça Lonergan sur la banquette avant.

Il porta une main à son casque pour écouter quelque chose.

— D'après ce que j'entends, les autres unités ont atteint leur cible et commencent à détruire les nids. Giles sait forcément que nous sommes ici.

Alex regarda Buffy et Willow.

— On y va ?

Les deux jeunes femmes hochèrent la tête. Un flot de souvenirs revint à la mémoire d'Alex. Son enfance avec Willow. La façon dont leur vie avait changé depuis l'arrivée de Buffy à Sunnydale...

Tout était si simple autrefois. Même après avoir découvert quel genre de créatures se tapissaient réellement dans les ombres, ils s'étaient laissé porter par la conviction qu'ils réussiraient à les maintenir à distance.

Et ils avaient échoué.

A présent, en observant les deux femmes que ses amies étaient devenues – Willow si sérieuse et pleine d'assurance, Buffy plus dangereuse et plus belle que jamais –, Alex recommençait à croire qu'ils avaient une chance de gagner.

Et il ne laisserait personne le priver de cet espoir.

Willow fit un signe de tête à Buffy.

— On y va, ordonna la Tueuse. Christopher, vous nous dégagez le passage ?

Lonergan redémarra. Il partit sur le côté et fit faire un quart de tour au camion de manière à longer la façade de la mairie. Puis il enfonça l'accélérateur.

Alex se tourna vers John Hotchkiss, un agent qui faisait partie de son groupe d'entraînement quand le Conseil avait décidé d'avoir une branche opérationnelle en Californie.

— Fais péter !

Hotchkiss se pencha et sortit un long cylindre de plastique de sous le banc. Le débouchant, il l'inclina pour en faire glisser une arme antitank de type 66 mm M72-A7.

L'apparence inoffensive de ces joujoux ne cessait d'étonner Alex. Pour lui, ils ressemblaient un peu à de gros télescopes. Il prit celui que lui tendait Hotchkiss et glissa la bandoulière sur son épaule. Puis il s'assit sur le plancher, le dos calé contre la banquette et les pieds bien à plat.

— Cinq secondes, l'avertit Lonergan.

Par le micro de son casque, il informa de la situation les conducteurs des autres véhicules qui convergeaient vers la mairie pour leur prêter main-forte.

— Ouverture de tir ! ordonna Alex.

Yancy et Darren Abel défirent les attaches d'un panneau d'un mètre carré qui s'ouvrait sur le côté du camion. Derrière Alex, Buffy et Willow firent la même chose sur la paroi d'en face.

— Prêt à tirer ! cria Alex.

— C'est parti ! répondit Lonergan.

Les deux agents poussèrent le panneau de droite, qui retomba contre le flanc du camion. Buffy et Willow les imitèrent de leur côté et s'écartèrent.

Alex vit des sentinelles courir vers leur camion et vers deux autres véhicules du Conseil qui approchaient de la mairie. Deux démons Draxhall menaçants montaient la garde à l'entrée du bâtiment.

Alex visa les marches de granit et la double porte. Puis il tira.

Le missile de deux kilos jaillit avec un sifflement. Des flammes sortirent de l'arrière du tube et passèrent à travers l'ouverture, dans le dos d'Alex.

Les portes de la mairie explosèrent, taillant en pièces les démons Draxhall.

Lonergan donna un coup de volant pour orienter l'arrière du camion face à l'entrée, puis freina d'un coup sec. Les agents tirèrent par les ouvertures latérales et par l'arrière du véhicule. Plusieurs sentinelles humaines tombèrent ; les autres prirent leurs jambes à leur cou.

— On ne pouvait pas faire autrement, dit Alex. Mais au moins, les survivants vont s'enfuir.

Buffy acquiesça avec un pincement au cœur.

— On y va ! cria Willow. Restez groupés !

Les agents sautèrent à terre. Non loin de là, les autres camions en firent autant.

Alex se tourna vers Tim Devine.

— Tu prends le volant. Ne les laisse pas s'emparer du camion. Si nous survivons à cet assaut, nous aurons besoin que quelqu'un nous ramène à la maison.

Résigné, Devine soupira.

Son épée battait le flanc de Buffy tandis qu'elle courait vers les marches de granit. L'arme était si agréable à manier qu'elle fut tentée de la dégainer, mais elle ne voulait pas risquer de blesser un membre de son équipe. Elle se contenta de serrer un pieu dans sa main droite.

Ils sautèrent par-dessus les débris de la porte et entrèrent dans la mairie. Buffy cligna des yeux pour s'habituer à l'obscurité.

Une vingtaine de vampires les attendaient dans le hall d'entrée. D'autres arrivaient des couloirs voisins afin de protéger leur roi.

Alex, Willow, Oz, Christopher Lonergan, Yancy, Abel, Hotchkiss et les autres hommes de l'unité se déployèrent dans le dos de Buffy pendant que les autres agents entraient dans le bâtiment. Il y eut une pause, un instant où le temps sembla suspendu.

— Oz ! cria Buffy.

Avec un rugissement de douleur, le loup-garou se transforma.

Puis les vampires chargèrent et la bataille commença. Dans un espace aussi confiné, impossible d'utiliser des fusils d'assaut. Les agents se servaient d'arbalètes, de pistolets et de quelques fusils à pompe. Et de pieux, bien entendu.

Oz se jeta dans la mêlée, griffant deux vampires avant d'en plaquer un troisième à terre et de lui arracher la gorge d'un claquement de ses mâchoires. Buffy frémit car elle sentait qu'Oz détestait ce qu'il était et ce que les circonstances l'obligeaient à faire. Il utilisait l'animal caché en lui pour servir une juste cause, mais surtout parce que Willow le lui avait demandé. Ça ne l'empêchait pas de détester ce massacre. Et Buffy comprenait pourquoi.

Puis elle fut assaillie de toutes parts et n'eut plus le temps de réfléchir.

D'un coup de pied sauté, elle repoussa un vampire. D'un coup de coude, elle en écarta un deuxième, puis en embrocha deux autres dans la foulée. Des griffes lui entaillèrent le dos. Elle se retourna et pulvérisa leur propriétaire, son instinct guidant sa main pour l'aider à trouver le cœur du mort-vivant.

Autour d'elle, la bataille faisait rage. Des nuages de poussière volaient en tous sens. Buffy faillit vomir en comprenant qu'elle respirait des cendres de vampires.

Yancy mourut en hurlant, lacéré par deux buveurs de sang. Il se tut quand l'un d'eux lui brisa le cou. Alex s'approcha, lugubre et silencieux. Il portait une arbalète dans son dos, mais pour le moment, il n'utilisait qu'un pieu. Il aimait être en contact direct avec ses proies.

Les vampires continuaient à affluer. Ils étaient trop nombreux. La mairie ressemblait à une fourmilière.

Mais c'était exactement ce qu'attendaient Buffy et ses compagnons.

— Maintenant ? demanda Willow.

— Vas-y ! répondit Buffy.

Son amie agita les mains et cria quelque chose dans une langue ancienne qu'elle ne reconnut pas. Une demi-douzaine de vampires s'embrasèrent. Les flammes montèrent jusqu'au plafond. L'incendie se propagea rapidement, courant le long des poutres et s'attaquant aux murs.

Les vampires, bien qu'apeurés, continuèrent à se battre, mais se regroupèrent au centre du hall.

Puis les sprinklers se déclenchèrent, arrosant copieusement tous les combattants.

Les vampires se ressaisirent. Leurs yeux brûlaient d'un feu orange, pareils à des étoiles sur le fond noir du tatouage qui leur barrait le visage. Ce tatouage qui avait été le symbole de Camazotz avant de devenir celui de Giles.

Les morts-vivants se déployèrent, regonflés parce que les sprinklers éteignaient les flammes autour d'eux. Ils savaient qu'ils finiraient par triompher.

Lonergan avança, brandissant un crucifix, et récita une prière en latin.

Il bénissait l'eau qui tombait du plafond !

L'agent au physique de boxeur était un prêtre.

L'eau bénite carbonisa les vampires. Leur peau fuma et ils hurlèrent à la mort. Toute bravoure oubliée, ils ressemblaient à des enfants effrayés grimés pour aller quémander des bonbons un soir d'Halloween.

Certains tentèrent de s'enfuir, mais les agents les en empêchèrent. Buffy et ses compagnons éliminèrent méthodiquement les buveurs de sang.

Un massacre !

Soudain, Buffy se rappela pourquoi ils étaient venus. *Giles !* Des images s'imposèrent à son esprit. Giles avec Jenny Calendar. Giles tenant tête à Quentin Travers. Giles le nez plongé dans un bouquin poussiéreux, le front plissé de concentration. Giles jetant un regard désapprobateur à Alex qui venait de lâcher une plaisanterie stupide. Giles réconfortant d'un regard sa protégée.

Quelque part dans ce bâtiment se tapissait l'esprit maléfique qui avait envahi le corps de son mentor. Buffy savait que la créature trouverait un moyen de se protéger de la pluie d'eau bénite. Mais elle savait aussi qu'il ne s'enfuirait pas. Il voulait qu'elle le trouve. Il désirait l'affronter. Les sentiments et les souvenirs qui l'assaillaient étaient précisément ce que Giles entendait utiliser pour la désarçonner et la pousser à commettre une erreur.

Buffy repéra Willow et Oz, toujours sous sa forme de loup. Elle courut vers eux. Oz tourna la tête en grognant, puis renifla son odeur et se calma.

— Allons-y ! Il faut le trouver ! Je veux en finir. Commençons par le sous-sol. C'est l'endroit le plus sûr pour lui, puisqu'il n'y a pas de fenêtres. Si je me suis trompée, nous fouillerons le reste en remontant.

Willow fit signe à Alex de les rejoindre.

— Lonergan, je vous abandonne le commandement ! cria Buffy. Ne faites pas de quartier ! Nous partons chercher Giles.

— Bonne chance.

— On y va, dit Buffy, courant vers l'escalier qui conduisait au sous-sol.

Ils n'étaient que quatre, mais ça lui convenait. A une époque, elle avait cru, pour être efficace, qu'elle devait devenir une Tueuse solitaire comme toutes celles qui l'avaient précédée. A présent, elle mesurait combien elle avait eu tort. Elle savait qu'elle pouvait compter sur ces trois-là quoi qu'il advienne, et peu importait le temps écoulé depuis la dernière fois qu'ils avaient combattu ensemble.

Ils passèrent devant les ascenseurs sans s'arrêter. L'alarme s'était déclenchée en même temps que les sprinklers. Toutes les cabines avaient dû s'immobiliser, conformément aux procédures de sécurité en vigueur.

Au bout du couloir, une porte coupe-feu barrait l'accès à l'escalier. Buffy ne prit pas la peine d'essayer la poignée. Elle flanqua un coup de pied au battant métallique, qui s'arracha de ses gonds et s'ouvrit en grinçant.

Le chiffre 1 était peint sur le mur en ciment nu de la cage d'escalier. Ici, ils étaient à l'abri des jets des sprinklers.

Buffy descendit les marches. Oz la suivit en reniflant. Willow était derrière lui, et Alex fermait la marche. L'arbalète pendait dans son dos comme une guitare, mais il ne la saisit pas, préférant dégainer un Glock 9 mm.

Aucun d'eux ne prononça un mot.

Au pied de l'escalier se dressait une autre porte. Juste à côté, les lettres SS étaient peintes sur le mur. Mais il n'y avait pas de gardes, ni rien qui sorte de l'ordinaire.

Buffy s'immobilisa sur la dernière marche. Elle sentait le souffle chaud du loup-garou dans son dos. Oz huma l'air et grogna.

— Je le capte aussi.

— Quoi ? demanda Willow.

— Je ne sais pas exactement, avoua Buffy. Une sorte d'énergie magique...

Willow contourna Oz pour la rejoindre. Buffy remarqua qu'elle caressa gentiment la tête du loup-garou au passage.

Son amie étudia la porte un moment, puis regarda Alex par-dessus son épaule.

— Je suis un peu fatiguée. Rattrape-moi si je tombe.

— Toujours, répondit Alex sans la moindre émotion.

— Hé, dit Buffy. Je peux le faire si c'est trop...

— Non, coupa Willow. Nous avons besoin de toi en première ligne. Tiens-toi prête.

Elle traça dans les airs des symboles cabalistiques et prononça quatre mots qui ressemblaient à du grec. Buffy sentit un courant d'air glacé lui souffler dans le dos et frissonna.

La porte se transforma en glace. Il y eut un craquement et un crépitement tandis que les fusibles sautaient. Willow vacilla, mais tendit le bras pour se rattraper au mur.

Alex avança pour la soutenir.

— Ça ira, assura-t-elle.

Oz les contourna pour s'approcher de la porte. Il grognait de plus en plus fort, et ses babines retroussées dévoilaient ses crocs luisants.

— Oz ! appela Buffy.

Le loup-garou tourna la tête vers elle. Elle ne lut aucune humanité dans son regard, mais elle savait qu'il comprenait au moins en partie ce qui se passait autour de lui.

— Giles est à moi ! déclara-t-elle.

Elle se tourna vers Willow et Alex, qui acquiescèrent. Alors, elle fit de nouveau face à la porte et lui flanqua un formidable coup de pied. Le battant explosa en un million d'échardes gelées.

Le sous-sol était plongé dans la pénombre. Il ressemblait davantage à un donjon qu'à la résidence d'un roi. Donc, il ne pouvait pas être l'antre de Giles.

D'autres couloirs débouchaient sur une grande pièce centrale qui devait autrefois servir de zone de stockage.

Et qui en était toujours une, d'une certaine façon…

Une demi-douzaine de Kakchiquels aux yeux orange avancèrent vers les intrus. Mais ils ne pouvaient pas les empêcher de voir la scène qui se déroulait derrière eux.

Des chauves-souris étaient accrochées la tête en bas aux tuyaux qui couraient le long du plafond. Au-dessous, enchaîné à des barreaux d'acier enfoncés dans le sol en ciment, gisait le dieu-démon Camazotz.

Sa chair verdâtre et vérolée, boursouflée comme celle d'une sangsue qui vient de festoyer, ses ailes flétries à peine visibles sous sa masse grotesque, il était couvert de plaies suintantes. Son corps tremblait et ses yeux écarquillés étaient d'une blancheur laiteuse. Un dieu aveugle ! Il darda sa langue entre ses crocs pour lécher ses lèvres craquelées.

Mais ce ne fut pas Camazotz qui horrifia le plus Buffy. Sept vampires se pressaient autour de lui, leur bouche collée à sa chair comme des chatons en train de téter leur mère. L'énergie qu'ils étaient en train de « siphonner » formait une aura crépitante autour d'eux.

— Répugnant ! cria Buffy.

Au son de sa voix, les vampires levèrent la tête. Leur visage était maculé du sang du démon.

Les sentinelles entourèrent les quatre amis. Camazotz gémit de désespoir.

*Le dieu des chauves-souris est devenu fou*, comprit Buffy.

Et Giles n'était nulle part en vue.

*... A suivre*

*Achevé d'imprimer sur les presses de*

**BUSSIÈRE**

GROUPE CPI

*à Saint-Amand-Montrond (Cher)*
*en janvier 2002*

FLEUVE NOIR
12, avenue d'Italie
75627 Paris Cedex 13
Tél. : 01-44-16-05-00

— N° d'imp. 20153. —
Dépôt légal : février 2002.

*Imprimé en France*